British Crime Classics

SIR ARTHUR CONAN

DOYLE

SHERLOCK HOLMES

SPÄTE RACHE

ROMAN

SCHERZ

Einmalige Ausgabe 1997
Einzig berechtigte Übertragung aus dem Englischen
von Carl Bach.
Titel des Originals: «A Study in Scarlet».

Umschlaggestaltung: Manfred Waller
Umschlagbild: Bildagentur ZEFA

Erster Teil

Aus den Erinnerungen von Dr. John H. Watson, Sanitätsleutnant a. D.

1

Im Jahr 1878 bestand ich an der Universität London mein medizinisches Staatsexamen, promovierte und besuchte dann die Militärsanitäts-Akademie in Netley. Nachdem ich dort einen militärärztlichen Kurs beendet hatte, wurde ich als Sanitätsleutnant dem Fünften Füsilierregiment Northumberland, das damals in Indien stand, zugeteilt. Noch bevor ich dort eintraf, war der zweite afghanische Krieg ausgebrochen, und bei meiner Ankunft in Bombay erfuhr ich, daß mein Regiment bereits über die Gebirgspässe vorgerückt und tief in Feindesland eingedrungen sei. Mit einigen anderen Offizieren, die in der gleichen Lage waren, machte ich mich auf den Weg und kam in Kandahar an, wo mein Regiment stand und wo ich sofort meinen Dienst antrat. In diesem Feldzug widerfuhr mir nur Mißgeschick: ich wurde bald zum Berkshire-Regiment versetzt und nahm mit dieser Einheit an der unglücklichen Schlacht von Maiwand teil. Eine Gewehrkugel zerschmetterte mir die linke Schulter, und hätte mich nicht meine Ordonnanz Murray rasch und entschlossen auf ein Packpferd geladen und zu den britischen Linien gebracht, wäre ich vermutlich den grausamen Ghasis in die Hände gefallen.

Von Schmerzen gequält und völlig erschöpft von den Strapazen des Rittes, wurde ich mit vielen anderen Schwerverwundeten in das Lazarett von Peschawar eingeliefert. Als ich mich langsam erholt hatte, befiel mich ein schwerer Typhus. Monatelang rang ich mit dem Tod, und als ich schließlich wieder zu Bewußtsein kam und allmählich genas, war ich derart schwach und abgezehrt, daß die Ärzte beschlossen, mich unverzüglich nach England zurückzuschicken. Nach einer Fahrt von einem Monat auf dem Truppentransportschiff *Orontes* landete ich in Portsmouth. Meine Gesundheit war für immer ruiniert, aber die Regierung erteilte mir die Erlaubnis, die nächsten neun Monate dem Versuch ihrer Wiederherstellung zu widmen.

Da ich in England weder Freunde noch Verwandte hatte, konnte ich also tun und lassen, was ich wollte, soweit das bei einem Tageseinkommen von elfeinhalb Shilling möglich war. Unter diesen Umständen trieb es mich natürlich nach London, dieser Großstadt, die auf alle Müßiggänger des Empire eine unwiderstehliche Anziehungskraft ausübt. Zunächst quartierte ich mich in einem kleinen Hotel am Strand ein und verbrachte dort ungemütlich und sinnlos meine Zeit – wobei ich mehr Geld ausgab, als ich hatte. Meine Finanzlage wurde bald derart bedenklich, daß mir nur die Wahl blieb, mich irgendwo auf dem Land zu vergraben oder mein Leben in London auf eine völlig veränderte Basis zu stellen. Da mir die zweite Lösung mehr zusagte, beschloß ich, aus dem Hotel auszuziehen und mir eine weniger anspruchsvolle und billige Wohnung zu nehmen.

Als ich an dem Tag, an dem ich mich zu diesem Entschluß aufgerafft hatte, in einer Kneipe über mein Schicksal nachdachte, schlug mir jemand auf die Schulter . . . es war der junge Stamford, mit dem ich im Bartholomäus-Krankenhaus zusammen das klinische Praktikum absolviert hatte. Der Anblick eines bekannten Gesichtes in der großen Wildnis Londons bedeutete für einen so verlassenen Menschen wie mich eine wahre Freude. In der Studienzeit waren wir zwar nicht sehr befreundet miteinander gewesen, doch jetzt begrüßte ich ihn stürmisch, und auch er schien hoch erfreut, mich wiederzusehen. Im Überschwang meiner Begeisterung lud ich ihn zum Mittagessen ein, und wir fuhren in einer Droschke zu *Holborn*.

»Was ist eigentlich mit dir los, wo hast du denn gesteckt, Watson?« erkundigte er sich neugierig, während wir durch den dichten Verkehr ratterten. »Du bist dünn wie eine Bohnenstange und braun wie ein Mulatte.«

Als wir an unserem Ziel anlangten, hatte ich ihm einen kurzen Bericht über meine Abenteuer erstattet.

»Armer Teufel!« meinte er mitleidig. »Und was machst du jetzt?«

»Ich suche eine Wohnung«, antwortete ich. »Ich versuche das Problem zu lösen, eine behagliche Wohnung zu finden, die dazu billig ist.«

»Das ist aber seltsam!« meinte Stamford. »Du bist heute der zweite, der mir das sagt.«

»Und wer war der erste?«

»Jemand, der bei uns im Krankenhaus im Labor arbeitet. Gerade heute morgen hat er mir vorgejammert, daß er niemanden findet, der eine hübsche Wohnung mit ihm teilt, die für ihn allein zu teuer ist.«

»Mein Gott!« sagte ich. »Da wäre ich doch der gegebene Mann für ihn, und ich würde viel lieber mit jemand zusammenziehen als allein hausen.«

Stamford blickte mich über sein Weinglas etwas merkwürdig an. »Du kennst Sherlock Holmes nicht«, meinte er. »Vielleicht würde er dir als ständige Gesellschaft nicht passen.«

»Warum? Was spricht gegen ihn?«

»Eigentlich nichts. Er hat nur ziemlich sonderbare Ideen – er ist ein Besessener in seinem Fach. Sonst ist er, soviel

ich weiß, ein sehr anständiger Mensch.«
»Mediziner?«
»Nein – ich habe keine Ahnung, was er eigentlich treibt. Ich glaube, er versteht viel von Anatomie und ist ein erstklassiger Chemiker; doch soviel ich weiß, hat er nie Medizin studiert. Seine Studien sind recht wahllos und exzentrisch, aber in einigen ausgefallenen Gebieten hat er ein Wissen, das jeden Professor in Staunen versetzen würde.«
»Hast du ihn nie gefragt, was er damit anfangen will?«
»Nein – er ist nicht der Mensch, den man ausfragen kann, obwohl er sehr gesprächig ist, wenn ihm danach zumute ist.«
»Ich würde ihn gern kennenlernen«, sagte ich. »Wenn ich mit jemandem zusammenwohne, wäre mir ein Mann, der ruhig seine Studien betreibt, am liebsten. Ich bin noch nicht gesund genug, als daß ich Lärm und Aufregungen vertragen könnte, davon habe ich in Afghanistan genug für den Rest meines Lebens gehabt. Wie kann ich den Mann kennenlernen?«
»Er ist jetzt bestimmt im Labor«, erwiderte Stamford. »Manchmal kommt er wochenlang nicht, dann wieder arbeitet er eine Zeitlang von morgens bis abends. Wir könnten gleich nach dem Essen hinfahren.«
»Gern«, antwortete ich, und wir wechselten das Thema.
Auf dem Weg zum Krankenhaus erzählte mir Stamford noch einiges über den Mr. Holmes, mit dem ich vielleicht die Wohnung teilen würde.
»Du darfst mir aber keine Vorwürfe machen, wenn du mit ihm nicht auskommst«, erklärte er. »Ich weiß nicht mehr von ihm, als was ich bei gelegentlichem Zusammensein mit ihm im Laboratorium erfuhr.«
»Wenn wir uns nicht vertragen, können wir uns ja

wieder trennen«, entgegnete ich. »Übrigens, Stamford«, fügte ich hinzu, »hast du eigentlich einen bestimmten Grund dafür, deine Hände in Unschuld zu waschen? Ist dieser Holmes grob, unliebenswürdig, oder was ist mit ihm los? Rück schon mit der Sprache raus.«
»Unerklärliches zu erklären ist schwer«, antwortete er lachend. »Für meinen Begriff ist er zu versessen auf seine Wissenschaft – das grenzt schon an Gefühllosigkeit. Ich könnte mir vorstellen, daß er imstande wäre, einem Freund etwas vom neuesten Pflanzen-Alkaloid einzugeben, nicht aus Bosheit, verstehst du, sondern lediglich um die Wirkung genau studieren zu können. Aber, um gerecht zu sein, ich glaube, mit der gleichen Bereitschaft würde er es auch selbst einnehmen. Er hat einfach eine Leidenschaft für die exakten Wissenschaften!«
»Das kann ich verstehen.«
»Ja, aber es kann auch zu weit führen. Wenn er Leichen im Seziersaal mit einem Stock schlägt, so muß man das schon als anomal bezeichnen.«
»Er schlägt Leichen!«
»Ja, um festzustellen, was das auf der Haut eines Toten für Zeichen hinterläßt. Ich habe es mit meinen eigenen Augen gesehen.«
»Und du sagst, er sei kein Mediziner?«
»Nein. Der Himmel weiß, wozu er diese Studien betreibt. Wir sind aber jetzt da, und du kannst dir deine eigene Meinung über ihn bilden.«
Wir gingen eine schmale Gasse entlang und betraten durch eine kleine Seitentür das Krankenhaus. Hier war vertrauter Boden, und ich brauchte keinen Führer, während wir die kahle Steintreppe hinaufstiegen und dann durch einen langen weißgetünchten Korridor mit zahllosen Türen auf beiden Seiten wanderten. Ein niedriger Bogengang führte uns schließlich ins Labor.

Es war ein Riesenraum, angefüllt mit unzähligen Flaschen. Breite, niedrige Tische waren vollgestellt mit Retorten, Reagenzgläsern und kleinen Bunsenbrennern, deren Flammen blau flackerten. Im Raum befand sich nur ein junger Mann, der, über einen Tisch gebeugt, völlig in seine Arbeit vertieft war. Als er uns hörte, blickte er hoch und stand mit einem Freudenschrei auf. »Ich hab's gefunden!« rief er Stamford zu und kam uns aufgeregt entgegen. »Ich habe ein Reagens gefunden, das nur Hämoglobin und sonst keinen anderen Stoff zur Fällung bringt.« Die Entdeckung einer Goldmine hätte ihn nicht glücklicher machen können.

»Dr. Watson ... Mr. Holmes«, stellte Stamford vor.

»Sehr angenehm.« Holmes schüttelte mir herzlich die Hand. »Wie ich sehe, kommen Sie aus Afghanistan.«

»Woher wissen Sie denn das?« fragte ich erstaunt.

»Das spielt keine Rolle«, sagte er lächelnd. »Die Hauptsache ist mein Hämoglobin. Die Wichtigkeit meiner Entdeckung leuchtet Ihnen doch ein, nicht wahr?«

»Als chemisches Experiment ist es sicher sehr interessant«, erwiderte ich, »aber in der Praxis ...«

»Aber gerade für die Praxis bedeutet es die wichtigste Erfindung seit Jahren. Begreifen Sie nicht, daß es einen unfehlbaren Beweis für das Vorhandensein von Blutflecken darstellt? Sehen Sie hier!« In seinem Eifer faßte er mich am Ärmel und zog mich zu dem Tisch, an dem er gearbeitet hatte. »Wir brauchen etwas frisches Blut«, sagte er, stach sich mit einer langen Nadel in den Finger und fing den herunterfallenden Blutstropfen in einem Röhrchen auf. »Jetzt füge ich dieser kleinen Blutmenge einen Liter Wasser zu. Sie werden feststellen, daß die erzielte Mischung wie klares Wasser aussieht. Das Verhältnis von Blut beträgt nicht mehr als eins zu einer Million. Trotzdem bezweifle ich nicht, daß wir die charakteristische Reaktion erhalten.« Während er sprach, warf er einige weiße Kristalle in das Gefäß und fügte dann etliche Tropfen einer durchsichtigen Flüssigkeit hinzu. Sofort nahm die Flüssigkeit eine dunkle Färbung an, und ein bräunlicher Schleier senkte sich auf den Boden des Gefäßes.

Begeistert fragte er mich: »Was sagen Sie dazu?«

»Der Beweis ist Ihnen anscheinend geglückt«, erklärte ich.

»Wunderbar! Wunderbar! Die alte Guaiacum-Methode war schwerfällig und unsicher, ebenso wie die mikroskopische Untersuchung nach Blutkörperchen, die wertlos ist, wenn die Flecken ein paar Stunden alt sind. Meine Entdeckung scheint sich sowohl bei alten als auch bei frischen Blutflecken zu bewähren, und wäre sie schon früher gemacht worden, hätten viele hundert Menschen, die jetzt frei herumlaufen, schon längst ihre gerechte Strafe bekommen.«

»Wirklich!« murmelte ich.

»Bei Verbrechen dreht es sich fast immer nur um einen Punkt. Ein Mann wird vielleicht Monate nach Ausführung eines Verbrechens beschuldigt: Seine Wäsche und seine Kleider werden untersucht, und braune Flecken werden auf ihnen entdeckt. Sind es Blutflecken, Schmutzflecken, Rost- oder Obstflecken? Diese Frage hat schon manchem Sachverständigen Kopfzerbrechen bereitet, und warum? Weil es keine zuverlässigen Beweise gab. Jetzt haben wir das Holmessche Verfahren, und von nun an wird es auf diesem Gebiet keine Schwierigkeiten mehr geben.«

Seine Augen strahlten, während er sprach, er legte die Hand auf die Brust und verneigte sich, als stünde er vor einer beifallklatschenden Menge.

»Da muß man Ihnen also gratulieren«, bemerkte ich, sehr erstaunt über seine Begeisterung.

»Voriges Jahr gab es in Frankfurt den Fall Bischoff;

bestimmt hätte man den Kerl gehängt, wenn es dieses Beweismittel schon gegeben hätte. Dann Mason in Bradford und der berüchtigte Fall Müller und Lefevre in Montpellier und Samson in New Orleans. Ich könnte noch ein Dutzend Fälle aufzählen, bei denen durch diese Beweismittel die Verbrecher überführt worden wären.«

»Sie sind ja in der Kriminalistik sehr beschlagen«, meinte Stamford lachend. »Sie könnten ein Buch darüber schreiben und es *Sammlung berühmter Kriminalfälle* nennen.«

»Was bestimmt höchst interessant wäre«, bemerkte Holmes und klebte sich ein Pflaster auf den blutenden Finger. »Ich muß aufpassen«, fuhr er fort, sich lächelnd an mich wendend, »denn ich habe viel mit Giften zu tun.« Er streckte seine Hand aus, und ich sah, daß sie mit Pflastern besät und von scharfen Säuren verfärbt war.

»Wir kommen in einer privaten Angelegenheit«, erklärte nun Stamford, setzte sich auf einen dreibeinigen Hocker und schob mir ebenfalls einen hin. »Mein Freund hier sucht eine Wohnung, und da Sie neulich darüber klagten, daß Sie zwar eine passende Wohnung gefunden hätten, aber niemanden, der sie mit Ihnen teilt, wollte ich Sie beide bekannt machen.«

Holmes schien der Vorschlag zu gefallen. »Ich habe ein Auge auf eine Wohnung in der Baker Street geworfen«, sagte er, »die ausgezeichnet für uns passen würde. Stört Sie starker Tabakgeruch?«

»Ich bin selbst ein starker Raucher«, erwiderte ich.

»Wunderbar! Aber bei mir stehen viele Chemikalien herum, und ich experimentiere oft. Würde Sie das stören?«

»Nicht im geringsten.«

»Warten Sie – was für Fehler habe ich noch? Manchmal bin ich schlecht aufgelegt und spreche dann tagelang

kein Wort. Das dürfen Sie mir nicht übelnehmen. Man muß mich nur in Ruhe lassen, und nach ein paar Tagen ist es wieder vorbei. Und welche Schwächen haben Sie? Man sollte, ehe man miteinander lebt, so ziemlich alles voneinander wissen.«
Bei diesem Kreuzverhör mußte ich lachen. »Ich habe eine junge Bulldogge«, sagte ich, »und ich kann keinen Lärm vertragen, weil meine Gesundheit stark angegriffen ist. Ich stehe zu den unmöglichsten Stunden auf, und ich bin entsetzlich faul.«
»Verstehen Sie unter ›Lärm‹ auch Geigenspielen?« fragte er besorgt.
»Das kommt auf den Spieler an« , antwortete ich. »Gutes Spiel ist ein wahrer Genuß – aber schlechtes . . .«
»Das ginge also in Ordnung«, rief er, vergnügt lachend. »Ich glaube, die Sache ist abgemacht – das heißt, wenn Ihnen die Wohnung gefällt.«
»Wann können wir sie ansehen?«
»Holen Sie mich bitte morgen mittag hier ab, wir gehen dann zusammen hin und regeln alles«, sagte er.
»Abgemacht, pünktlich um zwölf Uhr«, erwiderte ich und schüttelte ihm die Hand.
Wir ließen ihn bei seiner Arbeit und gingen fort.
»Sag mal«, fragte ich Stamford, unterwegs plötzlich stehenbleibend, »woher, zum Teufel, konnte er wissen, daß ich aus Afghanistan komme?«
Mein Freund lachte geheimnisvoll. »Das eben ist seine Spezialität. Viele möchten gerne wissen, wie Holmes Dinge ausfindig macht.«
»Ah! Das ist also ein Geheimnis!« erwiderte ich. »Das ist ja sehr interessant. Ich bin dir sehr dankbar, daß du uns bekannt gemacht hast. Das beste Objekt zum Studium der Menschheit ist doch noch immer der Mensch selbst!«
»Also, studiere ihn«, sagte Stamford, »er ist ein

schwieriger Fall. Und ich wette, er weiß eher über dich Bescheid, als du über ihn. Auf Wiedersehen!«
»Auf Wiedersehen!« Ich schlenderte zu meinem Hotel und dachte die ganze Zeit an meinen zukünftigen Mitbewohner.

2

Wie verabredet, traf ich mich am nächsten Tag mit Holmes, und wir sahen uns die Wohnung in der Baker Street 221 b an, von der er gesprochen hatte. Sie bestand aus zwei bequemen Schlafzimmern und einem freundlich möblierten, luftigen und großen Wohnzimmer mit zwei breiten Fenstern. Die Wohnung gefiel uns in jeder Beziehung, und der Preis, auf uns beide verteilt, war so niedrig, daß wir sie sofort mieteten und unverzüglich einzogen. Noch am selben Abend brachte ich meine Habseligkeiten vom Hotel, und am nächsten Morgen folgte Sherlock Holmes mit mehreren Koffern und Kisten. Nachdem wir ein bis zwei Tage mit eifrigem Auspacken und Einrichten verbracht hatten, lebten wir uns allmählich ein und gewöhnten uns an unsere neue Umgebung.
Das Zusammenleben mit Holmes war angenehm: er war ruhig und hatte regelmäßige Gewohnheiten. Selten war er noch nach zehn Uhr abends auf, und stets hatte er schon gefrühstückt und war bereits ausgegangen, bevor ich morgens aufstand. Er verbrachte den Tag im Labor, zuweilen auch in den Seziersälen, gelegentlich mit langen Spaziergängen, anscheinend in den ärmsten Vierteln der Stadt. Seine Energie war nicht zu übertreffen, wenn ihn die Arbeitswut packte, doch ab und zu befiel ihn Apathie; dann lag er tagelang von morgens

bis abends im Wohnzimmer auf dem Sofa und gab kaum ein Wort von sich. Er hatte dann einen derart leeren, träumerischen Ausdruck in den Augen, daß ich ihn für einen Rauschgiftsüchtigen hätte halten können, wenn nicht seine sonstige Mäßigkeit eine solche Annahme ausgeschlossen hätte.

Je länger wir zusammen wohnten, desto mehr stieg mein Interesse für ihn. Seine ganze Persönlichkeit und seine Erscheinung waren derart eindrucksvoll, daß sie die Aufmerksamkeit auch des flüchtigsten Betrachters auf sich ziehen mußte. Er war über einen Meter achtzig groß und so hager, daß er noch wesentlich größer wirkte. Seine Augen blickten scharf, durchdringend, außer in den Tagen völliger Apathie, die ich schon geschildert habe; seine schmale Adlernase verlieh ihm einen gespannten und entschlossenen Ausdruck, der noch durch sein vorstehendes, starkes Kinn verstärkt wurde. Obwohl er, wie ich öfter beobachten konnte, seine feinen physikalischen Instrumente mit ungewöhnlicher Geschicklichkeit und Zartheit handhabte, wiesen seine Finger stets Tinten- und Säureflecken auf. Er studierte nicht Medizin und hatte anscheinend auch kein anderes Universitätsstudium durch ein Examen abgeschlossen, das ihm den anerkannten Eintritt in die Welt der Wissenschaften ermöglicht hätte. Doch war sein Eifer für gewisse Studien erstaunlich; sein Wissen auf einigen Gebieten war derart umfassend, daß seine Bemerkungen mich häufig aufs höchste verblüfften. Bestimmt arbeitet niemand so schwer und erwirbt sich so eingehende Kenntnisse, sagte ich mir, ohne ein festes Ziel im Auge zu haben. Planloses Studium ist meist oberflächlich – und wenn sich ein Mensch den Kopf mit tausenderlei Einzelheiten anfüllt, so hat er bestimmt einen triftigen Grund dafür.

Seine Unkenntnisse auf gewissen Gebieten waren

ebenso verwunderlich wie seine Kenntnisse auf anderen. Von moderner Literatur, von Philosophie und Politik schien er kaum eine Ahnung zu haben. Als ich einmal Thomas Carlyle zitierte, fragte er ganz naiv, wer das sei und was der Mann getan habe. Meine Überraschung erreichte aber den Höhepunkt, als ich zufällig herausfand, daß er weder vom Kopernikanischen Weltsystem noch von unserem Sonnensystem etwas wußte. Daß in unserem neunzehnten Jahrhundert ein gebildeter Mensch nicht wissen sollte, daß sich die Erde um die Sonne dreht, war mir unbegreiflich.

»Warum sind Sie so erstaunt darüber?« fragte er mich, über mein überraschtes Gesicht lächelnd. »Ich werde mich bemühen, dieses soeben erworbene Wissen so schnell wie möglich wieder zu vergessen.«

»Es vergessen?«

»Jawohl«, erklärte er, »ich bin der Ansicht, daß das menschliche Gehirn mit einer leeren Kammer zu vergleichen ist, die man nach eigenen Wünschen und Bedürfnissen einrichten muß. Ein Narr möbliert sie mit allem möglichen Plunder und versperrt sich damit den Raum für die Dinge, die ihm nützlich sein können. Ein kluger Mensch indessen überlegt sich gut, was er in seiner Gehirnkammer unterbringt. Er beschränkt sich auf die Werkzeuge, die er für seine Arbeit benötigt, aber von diesen besorgt er sich eine möglichst große Auswahl und hält sie in bester Ordnung. Sie können sich darauf verlassen, daß man durch jede Erweiterung seines Wissens etwas anderes vergißt, was man vorher wußte. Daher ist es höchst wichtig, nicht durch nutzlose Kenntnisse die nützlichen zu verdrängen.«

»Aber das Sonnensystem!« widersprach ich.

»Was interessiert mich das?« unterbrach er mich ungeduldig. »Sie erzählen mir, daß wir uns um die Sonne drehen – wenn wir uns um den Mond drehten, wäre das

für mich und meine Arbeit völlig egal.«
Es lag mir auf der Zunge, ihn zu fragen, was das für eine Arbeit sei, aber etwas an seinem Gesichtsausdruck hielt mich davon ab. Ich grübelte jedoch über diese kurze Unterhaltung nach und suchte meine Folgerungen daraus zu ziehen. Er hatte erklärt, er wünsche keine Kenntnisse zu erwerben, die für seine Arbeit unwichtig seien. Alle Kenntnisse, die er besaß, betrachtete er also als nützlich für sich. Ich zählte daher im Geist alle die Gebiete auf, in denen er besonders bewandert zu sein schien, und fertigte sogar eine entsprechende Liste an. Als ich sie durchlas, mußte ich lächeln, denn sie sah folgendermaßen aus:
Überblick über Sherlock Holmes Kenntnisse

1. Literatur: Null
2. Philosophie: Null
3. Astronomie: Null
4. Politik: Schwach
5. Botanik: Unterschiedlich. Umfassende Kenntnisse in Toxikologie. Eigentliche Pflanzenkunde: Null
6. Geologie: In bestimmten Zweigen große praktische Erfahrung. Unterscheidet auf einen Blick die verschiedenen Erdarten. Nach der Rückkehr von Spaziergängen kann er von den verschiedenen Spritzflecken auf seinen Hosen sagen, aus welchen Vierteln Londons sie stammen
7. Chemie: Umfassende Kenntnisse
8. Anatomie: Gründliche, aber unsystematische Kenntnisse
9. Kriminalgeschichte: Erstaunlich umfassende Kenntnisse. Er scheint jede Greueltat, die in unserem Jahrhundert verübt wurde, bis in alle Einzelheiten zu kennen
10. Guter Geigenspieler
11. Ausgezeichneter Boxer und Fechter

12. Gründliche praktische Kenntnisse des englichen Rechts

Ich las nicht weiter, sondern warf ärgerlich die Liste ins Feuer. Ich kann mir nicht vorstellen, für welchen Beruf ein Mensch diese Art von Kenntnissen braucht, sagte ich mir. Es hat keinen Zweck, daß ich mir darüber den Kopf zerbreche.

Ich hatte notiert, daß er ein guter Geigenspieler war. Dieses Talent verwendete er aber auf ebenso exzentrische Weise wie seine übrigen Kenntnisse. Ich wußte, daß er schwierige Stücke ausgezeichnet spielte, denn auf meine Bitten hin hatte er mir einige Mendelssohn-Lieder und sonstige schwierige Stücke vorgespielt; für sich allein aber spielte er selten irgendeine bekannte Melodie. Gelegentlich lehnte er sich abends in seinen Sessel zurück, schloß die Augen und strich, scheinbar gedankenlos, über die Geige, die er auf den Knien hielt – zuweilen ertönten melancholische Klänge, manchmal fröhliche, stürmische. Sie schienen stets der Ausdruck seiner jeweiligen Gefühle zu sein, doch ob das Spiel nur diese Gefühle betonte oder ob es einfach der Ausdruck einer Laune war, vermochte ich nicht zu sagen. Ich hätte mir bestimmt diese merkwürdigen Soli verbeten, wenn er mir nicht meist danach eine ganze Reihe meiner Lieblingsstücke vorgespielt hätte, gewissermaßen als Belohnung für meine Geduld.

Da wir während der ersten Wochen keinen Besuch erhielten, glaubte ich schon, mein Bekannter sei ebenso alleinstehend wie ich. Doch bald fand ich heraus, daß er viele Bekannte hatte, und zwar in den verschiedensten Gesellschaftsschichten. So kam in einer Woche drei- oder viermal ein kleiner, blasser, schwarzäugiger Mann, der wie eine Ratte aussah – er wurde mir als Mr. Lestrade vorgestellt. Eines Morgens besuchte ihn ein elegant angezogenes junges Mädchen, das mindestens eine halbe Stunde blieb; am Nachmittag desselben Tages erschien ein schäbiger Graukopf, der wie ein jüdischer Hausierer aussah; der Mann kam mir sehr aufgeregt vor; ihm folgte eine häßliche alte Frau. An einem anderen Tag hatte ein ehrwürdiger weißhaariger Herr eine längere Unterredung mit Holmes, dann ein Eisenbahner in Uniform. Wenn einer dieser seltsamen Besucher eintraf, bat mich Holmes, ihm das Wohnzimmer zu überlassen, und ich zog mich in mein Schlafzimmer zurück; er entschuldigte sich stets wegen dieser Belästigung und erklärte: »Ich muß dieses Zimmer als Büro benutzen; denn diese Leute sind meine Klienten.« Wieder hätte ich Gelegenheit gehabt, ihm eine unumwundene Frage zu stellen, doch wieder hinderte mich mein Taktgefühl daran, einen Menschen zu zwingen, mir vertrauliche Erklärungen abzugeben. Ich sagte mir damals, er müsse wohl seine Gründe haben, mir keinen Aufschluß über seine Geschäfte zu geben, aber bald sollte ich erfahren, daß diese Annahme ein Irrtum von mir war.

Am 4. März – ich werde das Datum nie vergessen – stand ich etwas früher auf als üblich und fand Holmes noch beim Frühstück sitzend. Die Wirtin, an mein spätes Aufstehen gewöhnt, hatte noch nicht für mich gedeckt; mit unberechtigtem Ärger läutete ich und gab ihr unwirsch zu verstehen, daß ich auf meinen Kaffee warte. Um mir die Zeit zu vertreiben, nahm ich eine Zeitung vom Tisch, während Holmes schweigend frühstückte. Ein Artikel war rot angestrichen – natürlich las ich ihn sofort.

Die etwas anspruchsvolle Überschrift lautete: *Das Buch des Lebens.* Der Verfasser versuchte in dem Artikel zu erklären, daß ein Mensch durch scharfe systematische Beobachtung alles dessen, was ihm in den Weg lief, unendlich viel lernen könne. Mir kam das Ganze als eine wunderliche Mischung von scharfer Intelligenz und Absurdität vor; die Formulierung war klar, aber die Folgerung schien mir übertrieben und an den Haaren herbeigezogen zu sein. Es hieß, ein Blick oder das Verziehen des Gesichtes sollte einem scharfen Beobachter ermöglichen, die innersten Gedanken eines Menschen zu ergründen, und zwar wäre eine Täuschung ausgeschlossen, so daß es dem Uneingeweihten wie Zauberei vorkommen müßte.

»Das Leben ist eine einzige Kette von Ursachen und Wirkungen«, wurde ausgeführt. »An einem einzigen Glied läßt sich das Wesen des Ganzen erkennen. Wie alle anderen Künste läßt sich die Kunst der logischen Analyse nur durch langes, geduldiges Studium erwerben, und das Leben ist viel zu kurz, als daß ein Sterblicher je Vollkommenheit in dieser Kunst erlangen könnte. Der Anfänger sollte, bevor er sich an die Lösung von überaus schwierigen geistigen und sittlichen Problemen wagt, sich mit der Meisterung einfacherer Aufgaben begnügen und zunächst zu lernen suchen, bei der Begegnung mit einem Menschen auf den ersten Blick dessen Geschichte oder seinen Beruf zu erkennen. So kindlich solch eine Beschäftigung auch scheinen mag, schärft sie die Beobachtungsgabe, man lernt dabei, richtig zu sehen und zu unterscheiden: aus den Fingernägeln, den Rockärmeln, den Manschetten, den Schuhen, den Schwielen an den Händen, aus gewissen Bewegungen, aus all dem zusammen kann man den Beruf eines Menschen feststellen. Durch Kombinierung dieser Feststellungen muß ein fähiger Beobachter imstande sein, untrügliche Schlußfolgerungen zu ziehen.«

»Was für ein Unsinn!« sagte ich und warf die Zeitung auf den Tisch. »Ich habe noch nie einen solchen Quatsch gelesen.«

»Was lesen Sie denn?« fragte Holmes.
»Diesen Artikel da«, fuhr ich fort und deutete darauf. »Sie werden ihn ja gelesen haben, da Sie ihn angestrichen haben. Ich gebe zu, daß er ausgezeichnet geschrieben ist, aber er ärgert mich. Das sind typische Ergüsse eines Theoretikers, die nichts mit der Wirklichkeit zu tun haben. Dem möchte ich mal in der U-Bahn begegnen und von ihm verlangen, mir die Berufe der Mitfahrenden zu sagen. Ich wette mit Ihnen hundert gegen eins, daß er nicht dazu imstande ist.«
»Und Sie würden Ihr Geld verlieren«, meinte Holmes trocken. »Den Artikel habe übrigens ich geschrieben.«
»Sie?«
»Ja, ich. Ich habe das Talent, zu beobachten und meine Schlüsse daraus zu ziehen. Die Theorien, die ich in dem Artikel auseinandersetze und die Sie so lächerlich finden, beruhen auf praktischen Erfahrungen. Erfahrungen, denen ich mein tägliches Brot verdanke.«
»Aber wie denn?«
»Ich habe einen eigenartigen Beruf, ich glaube, es übt ihn kein anderer außer mir aus. Ich bin gewissermaßen ein Detektiv-Berater, wenn Sie sich darunter etwas vorstellen können. Hier in London gibt es eine Menge Detektive, teils private, teils Polizeibeamte. Wenn einer dieser Herren nicht mehr weiter kann, kommt er zu mir, und ich bringe ihn auf die richtige Spur; sie unterbreiten mir alle Unterlagen, und meist gelingt es mir mittels meiner Kenntnisse der Kriminalgeschichte, das betreffende Problem zu lösen. Es ist erstaunlich, wie sehr sich die verschiedenen Verbrechen ähneln. Wenn man die Einzelheiten von tausend Fällen kennt, so läßt sich der Fall tausendundeins überraschend leicht beurteilen. Zum Beispiel ist Lestrade ein bekannter Detektiv. Kürzlich war er in einer Fälschungsgeschichte festgefahren, und daher kam er zu mir.«

»Und die anderen Leute?«
»Die kommen meist auf Empfehlung von Auskunfteien. Sie haben irgendwelche Schwierigkeiten und wollen nun von mir beraten werden. Ich höre mir ihre Geschichte an, sie hören sich meine Erklärungen an, und dann kassiere ich mein Honorar ein.«
»Wollen Sie etwa behaupten«, entgegnete ich, »daß Sie imstande sind, ohne sich aus Ihrem Zimmer zu rühren, ein verwickeltes Problem zu lösen, mit dem andere, obwohl sie jedes Detail auf Grund eigener Erfahrungen kennen, nicht fertig werden können?«
»Ja. Das gelingt mir durch Intuition. Ab und zu gibt es allerdings Fälle, die etwas komplizierter sind. Dann muß ich selbst mir die Dinge genau anschauen. Ich besitze mancherlei Kenntnisse, die ich zur Lösung von Problemen benutze und die mir bei dieser Arbeit sehr zustatten kommen. Diese Regeln, wie man logische Folgerungen zu ziehen hat, die ich in dem Artikel, der Ihren Spott hervorrief, aufgestellt habe, sind für meine Arbeit von unschätzbarem Wert. Beobachtung ist mir zur zweiten Natur geworden. Sie waren offensichtlich überrascht, als ich Ihnen bei unserer ersten Begegnung auf den Kopf zusagte, Sie kämen aus Afghanistan.«
»Das hat Ihnen irgend jemand erzählt.«
»Nein, das stimmt nicht, aber ich wußte es. Auf Grund langer Übung dachte ich so rasch, daß ich zu der Folgerung gelangte, ohne lange Überlegungen über die Zusammenhänge anstellen zu müssen. Ich sagte mir ganz einfach: ›Der Mann macht den Eindruck eines Arztes, hat aber eine militärische Haltung, ist also offensichtlich ein Militärarzt. Er kommt gerade aus den Tropen, denn die dunkle Gesichtsfarbe hat er nicht von Natur, da seine Haut am Handgelenk weiß ist. Daß er viele Strapazen erlitten hat und krank ist, steht ihm im Gesicht geschrieben. Er wurde am linken Arm verwundet, denn er hält

ihn unnatürlich steif. Wo kann sich ein englischer Militärarzt zur Zeit Wunden und Krankheit holen? – nur in Afghanistan. Zu dieser Überlegung brauchte ich nicht einmal eine Sekunde, daher sagte ich sofort, Sie kämen aus Afghanistan, und Sie waren verblüfft.«

»Ja, das leuchtet mir ein«, stimmte ich lächelnd zu. »Ich habe schon oft so etwas gelesen, aber nie geglaubt, daß es in Wirklichkeit vorkommen könnte.«

Holmes stand auf und zündete sich seine Pfeife an. »Leider gibt es heute keine richtigen Verbrechen mehr, zu deren Aufklärung man besonderen Scharfsinn benötigt«, beklagte er sich. »Ich weiß sehr gut, daß ich genügend Talent habe, auf der ganzen Welt berühmt zu werden. Bisher hat es noch keinen Menschen gegeben, der meine Fähigkeiten besaß und solche Studien wie ich betrieb, die einem zur Aufklärung von Verbrechen verhelfen. Aber was nützt mir das? Es gibt keine Verbrechen mehr aufzuklären, oder höchstens irgendeine Gaunerei, die so klar auf der Hand liegt, daß selbst Scotland Yard sofort im Bilde ist.«

Diese Überheblichkeit ärgerte mich, und da ich das Thema wechseln wollte, fragte ich: »Was wohl der Mann da unten sucht?« Ich deutete auf einen einfach gekleideten, stämmigen Mann, der langsam auf der gegenüberliegenden Straßenseite entlangging und die Hausnummern studierte. Er hatte ein großes blaues Kuvert in der Hand, offensichtlich war er ein Dienstmann.

»Sie meinen diesen ehemaligen Sergeanten der Marine-Infanterie?« fragte Holmes leichthin.

»Was für ein Unsinn«, dachte ich. »Er weiß ganz genau, daß ich ihm nicht das Gegenteil beweisen kann.«

Kaum hatte ich das gedacht, als der Mann unsere Hausnummer sah und rasch über die Straße ging ... Energisches Klopfen an der Haustür, unten ertönte eine tiefe Stimme, dann hörten wir schwere Schritte auf der

Treppe.
»Für Mr. Sherlock Holmes«, sagte der Mann, nachdem er ins Zimmer getreten war, und übergab einen Brief.
Das war nun die Gelegenheit, Holmes eins auszuwischen. An diese Möglichkeit hatte er wohl nicht gedacht, als er seine Behauptung aufstellte. »Sagen Sie, bitte, lieber Freund«, fragte ich den Mann sanft, »was für einen Beruf haben Sie?«
»Dienstmann, Sir«, lautete die knappe Antwort.
»Und was waren Sie früher?« erkundigte ich mich weiter mit einem ironischen Seitenblick auf Holmes.
»Sergeant, Sir, Königliche Marine-Infanterie, Sir. ... Keine Antwort? ... Sehr wohl, Sir.«
Er klappte die Absätze zusammen, hob die Hand zum militärischen Gruß und verschwand mit strammer Kehrtwendung ...

3

Ich muß gestehen, daß dieser neue Beweis der Richtigkeit der Theorien meines Freundes mich tief beeindruckte – mein Respekt vor seiner Beobachtungsgabe stieg erheblich. Doch hegte ich den leisen Verdacht, daß die ganze Sache abgekartet sei, um mich zu verblüffen, obwohl ich mir nicht vorstellen konnte, weshalb er ein solches Theater veranstalten sollte. Als ich mich Holmes zuwandte, hatte er gerade den Brief gelesen; er starrte geistesabwesend in die Luft, offensichtlich dachte er scharf nach.
»Aber wie haben Sie denn das herausgefunden?« fragte ich.
»Was herausgefunden?« erwiderte er mürrisch.
»Daß der Mann ein ehemaliger Sergeant der Marine-

Infanterie war?«
»Ich habe jetzt keine Zeit für solche Kleinigkeiten«, entgegnete er brüsk, fuhr aber dann lächelnd fort: »Entschuldigen Sie, doch Sie haben meine Gedanken unterbrochen, aber das ist vielleicht ganz gut. Also Sie hatten tatsächlich nicht erkannt, daß der Mann ein ehemaliger Sergeant der Marine-Infanterie war?«
»Nein, wie sollte ich?«
»Es ist leichter, es zu wissen, als jetzt zu erklären, warum ich es wußte. Wenn Sie beweisen sollen, daß zweimal zwei vier ist, wird Ihnen das schwerfallen, obwohl Sie genau wissen, daß es der Fall ist. Ich konnte sogar auf die Entfernug hin sehen, daß auf dem Handrücken des Mannes ein großer blauer Anker tätowiert war. Das verriet mir den Seemann, und seine militärische Haltung und seine Koteletten ließen den Marine-Infanteristen erkennen. Da er ein gewisses Selbstbewußtsein an den Tag legte und etwas Gebieterisches besaß – Sie werden ja bemerkt haben, wie aufrecht er den Kopf trug und wie energisch er seinen Stock schwang –, schloß ich, daß er wahrscheinlich ein Sergeant gewesen war.«
»Fabelhaft!« entgegnete ich.
»Das war ganz einfach«, meinte Holmes, aber er machte den Eindruck, als freue ihn meine Überraschung und Bewunderung. »Eben hatte ich gesagt, heutzutage gäbe es keine Verbrechen mehr. Ich scheine mich geirrt zu haben. Sehen Sie sich das an!« Er schob mir das Schreiben zu, das ihm der Dienstmann gebracht hatte.
»Das ist ja entsetzlich!« rief ich, nachdem ich es durchgelesen hatte.
»Es scheint allerdings etwas ungewöhnlich zu sein«, bemerkte er ruhig. »Würden Sie mir bitte den Brief laut vorlesen?«

Ich las ihm folgendes vor:

»Sehr geehrter Mr. Holmes,

heute nacht gegen drei Uhr wurde in dem Haus Lauriston Gardens an der Brixton Road ein Mord entdeckt. Einer unserer Polizisten sah auf seinem Rundgang gegen zwei Uhr morgens Licht in dem Haus; da dieses leer steht, vermutete er, daß etwas nicht in Ordnung sei. Die Haustür stand offen, und im ersten Zimmer, das unmöbliert ist, entdeckte er auf dem Boden liegend die Leiche eines gutgekleideten Herrn. Wie man den Visitenkarten in seiner Tasche entnahm, handelt es sich um einen gewissen Enoch J. Drebber, Cleveland, Ohio, USA. Der Mann ist nicht beraubt worden, auch zeigt die Leiche keine Wunden, so daß nicht zu erkennen ist, wie der Tod erfolgte. Zwar bemerkten wir in dem Zimmer Blutspuren. Wir können uns nicht erklären, wie die Leiche in das leere Haus gelangte, überhaupt ist der ganze Fall ein Rätsel. Ich erwarte Sie bis zwölf Uhr in dem Haus und werde alles bis zu Ihrer Ankunft unberührt lassen. Sollte es Ihnen nicht möglich sein zu kommen, werde ich Ihnen alle Details mitteilen, und ich wäre Ihnen sehr dankbar, wenn Sie mir Ihre Meinung über den Fall mitteilten.
Mit den besten Grüßen

Ihr
Tobias Gregson.«

»Gregson ist der beste Mann von Scotland Yard«, erklärte mein Freund, »er und Lestrade unterscheiden sich vorteilhaft von den sonst so unfähigen Detektiven. Beide sind intelligent und energisch, aber auch sie lassen sich leider durch nichts aus dem alten Fahrwasser bringen. Außerdem sind sie aufeinander eifersüchtig.

Das kann amüsant werden, wenn beide mit der Aufklärung betraut werden.«
Ich staunte über die Ruhe, die er an den Tag legte. »Wir dürfen nicht einen Moment verlieren!« sagte ich. »Soll ich eine Droschke bestellen?«
»Ich weiß noch gar nicht, ob ich hingehen soll. Ich bin der faulste Kerl unter der Sonne – das heißt, wenn ich gerade in meiner faulen Periode stecke, denn sonst kann ich ja sehr munter sein.«
»Aber das ist doch gerade ein Fall, nach dem Sie sich schon lange sehnen.«
»Lieber Freund, was habe ich schon davon? Angenommen, ich löse ihn, können Sie sicher sein, daß Gregson, Lestrade & Co. die Anerkenung einheimsen. Das kommt davon, wenn man kein Beamter ist.«
»Aber er bittet Sie doch, ihm zu helfen.«
»Das schon; er weiß ganz gut, daß ich ihm überlegen bin, und mir gegenüber erkennt er das auch an, doch eher würde er sich die Zunge abbeißen, als das einem Dritten gegenüber einzugestehen. Aber wir können ja hingehen und uns die Sache mal anschauen. Ich werde dann den Fall nach meiner eigenen Methode bearbeiten. Zumindest werde ich mich auf deren Kosten etwas amüsieren. Also kommen Sie!«
Er zog den Mantel an, mit einer Eile, die zeigte, daß ein Anfall von Energie seine Lethargie vertrieben hatte.
Eine Minute später saßen wir in einer Droschke und fuhren in die Brixton Road.
Nebel herrschte, und der Himmel war voller Wolken. Ein gelblicher Schleier hing über den Dächern und sah aus wie der Widerschein der schmutzigen Straße. Holmes war in bester Stimmung und plauderte über Cremoneser Geigen – über den Unterschied zwischen einer Amati und einer Stradivari. Ich schwieg, denn das trübe Wetter und der traurige Fall, mit dem wir uns beschäftigen

sollten, bedrückten mich.
»Sie scheinen gar nicht über den Fall nachzudenken«, unterbrach ich schließlich seine musikalischen Erörterungen.
»Ich habe ja noch keine Unterlagen«, entgegnete er. »Es ist einer der größten Fehler, Theorien aufzustellen, bevor man das ganze Beweismaterial in den Händen hat, das verwirrt einen nur.«
»Sie werden jetzt bald die Gelegenheit haben, denn wir sind schon in der Brixton Road, und wenn ich mich nicht irre, ist dort das Haus.«
»Ja . . . Kutscher, halt!« rief Holmes. Wir waren zwar noch etwa hundert Meter vom Haus entfernt, aber er bestand darauf, auszusteigen, und wir legten den Rest des Weges zu Fuß zurück.
Das Haus Nummer 3 sah unheimlich aus. Es war eines von vier Häusern, die etwas zurückstanden, zwei davon waren bewohnt und zwei standen leer. Die drei Reihen kahler Fenster wirkten trostlos, an einigen Scheiben klebten Zettel mit der Aufschrift »Zu vermieten«. Jedes der Häuser war durch einen kleinen Garten mit verkümmerten Pflanzen von der Straße getrennt; ein schmaler Fußpfad, mit einer gelblichen Mischung aus Lehm und Kies bedeckt, führte zur Haustür; die Regengüsse der vergangenen Nacht hatten ihn völlig aufgeweicht. Die Gartenmauer aus Backsteinen war etwa ein Meter hoch mit einem Holzgitter darauf. An dieser Mauer lehnte ein stämmiger Polizist, von einer kleinen Schar Müßiggängern umgeben, die die Hälse reckten und auf das Haus starrten, in der vergeblichen Hoffnung, etwas von den Vorgängen im Innern zu erspähen.
Ich hatte angenommen, Holmes würde sofort ins Haus eilen und sich in das Studium des Geheimnisses stürzen. Doch davon war nicht die Rede: mit einer Gelassenheit, die mir unter den gegebenen Umständen fast

affektiert vorkam, schlenderte er auf der Straße auf und ab und starrte bald auf den Boden, bald in den Himmel, bald auf die gegenüberliegenden Häuser und auf das Gartengitter. Dann ging er langsam den Gartenpfad entlang, oder richtiger gesagt auf dem Grasstreifen längs des Pfades, und hielt die Augen auf den Boden gerichtet. Zweimal blieb er stehen, ich sah ihn lächeln und hörte ihn einen befriedigten Laut ausstoßen. Auf dem aufgeweichten Pfad gab es viele Fußspuren, aber da die Polizisten hin und her gegangen waren, konnte ich mir nicht vorstellen, daß Holmes irgend etwas unter diesen Spuren entdecken könnte. Da ich jedoch bereits einen so außergewöhnlichen Beweis seiner scharfen Beobachtungsgabe erhalten hatte, zweifelte ich nicht, daß er sehr viel sah, was mir entging.

An der Haustür stürzte ein großer, blonder, blasser Mann mit einem Notizbuch in der Hand auf uns zu und schüttelte Holmes überschwenglich die Hand. »Ich danke Ihnen, daß Sie gekommen sind«, sagte er. »Ich habe alles unberührt gelassen.«

»Bis auf den Weg hier«, erwiderte Holmes, auf den Pfad deutend. »Wenn eine Büffelherde darübergezogen wäre, hätte es nicht schlimmer sein können. Bestimmt haben Sie aber schon Ihre Schlüsse gezogen, mein lieber Gregson, bevor Sie das zuließen.«

»Ich hatte soviel im Haus zu tun«, entgegnete der Detektiv ausweichend. »Mein Kollege Lestrade ist ja hier, ich hatte mich darauf verlassen, daß er sich darum kümmert.«

Holmes warf mir einen ironischen Blick zu. »Da zwei so tüchtige Herren wie Sie und Lestrade sich des Falles angenommen haben, wird ein Dritter nicht mehr viel finden können«, meinte er.

Gregson rieb sich selbstgefällig die Hände. »Ich glaube, wir haben alles getan, was zu tun ist«, erklärte er. »Aber

es ist ein so merkwürdiger Fall, und ich kenne Ihre Vorliebe für solche Dinge.«
»Sind Sie mit einer Droschke gekommen?« fragte Holmes.
»Nein.«
»Lestrade auch nicht?«
»Nein.«
»Dann wollen wir hereingehen und uns das Zimmer anschauen!« Ich verstand nicht, in welchem Zusammenhang diese Bemerkung mit seinen vorhergehenden Fragen stand, und auch Gregson, der ihm ins Haus folgte, sah verwundert aus.
Ein kurzer, staubiger Korridor mit Holzbelag ohne Teppich führte zur Küche, rechts und links befand sich je eine Tür. Die eine war offensichtlich seit Wochen verschlossen, die andere führte ins Eßzimmer, dem Schauplatz des rätselhaften Falles. Holmes trat ein, ich folgte ihm mit jenem bedrückten Gefühl, das einen angesichts eines Toten befällt.
Es war ein großer, viereckiger Raum, der noch größer wirkte, weil er unmöbliert war. Die geschmacklose bunte Tapete, die hier und dort in Fetzen herunterhing, so daß man den hellen Kalkbewurf sah, war an einigen Stellen mit Schimmel bezogen. Gegenüber der Tür befand sich ein prunkvoller Kamin, mit einem Sims aus imitiertem Marmor. Auf der einen Ecke klebte ein roter Kerzenstummel. Die Scheiben des einzigen Fensters waren so schmutzig, daß nur ein trübes Licht eindrang und allem eine graue Färbung gab, die durch die dicke Staubschicht, die das ganze Zimmer bedeckte, noch betont wurde.
Diese Einzelheiten stellte ich jedoch erst später fest, denn zunächst wurde meine ganze Aufmerksamkeit von der bewegungslosen Gestalt gefangengenommen, die auf dem Boden lag; die weit aufgerissenen Augen

starrten leer zur Decke. Es handelte sich um einen Mann von dreiundvierzig oder vierundvierzig Jahren, mittlerer Größe, breitschultrig, mit dunklem, gelocktem Haar und einem kurzen Bart. Er trug einen schwarzen Gehrock, helle Hosen und ein weißes Hemd; ein glänzend gebürsteter Zylinder lag neben ihm auf dem Boden. Die Arme mit den zu Fäusten geballten Händen waren ausgestreckt, während seine ineinanderverkrampften Beine darauf schließen ließen, daß er einen heftigen Todeskampf durchlitten hatte. Sein starres Gesicht wies einen entsetzten und, wie mir schien, haßerfüllten Ausdruck auf, einen so wütenden Haß, wie ich ihn noch nie auf einem Gesicht gesehen hatte. Diese schreckliche Verzerrung seines Gesichtes mit der niedrigen Stirn, der breiten Nase und dem vorstehenden Kinn verlieh dem Toten ein affenartiges Aussehen, das durch seine unnatürliche, verkrampfte Lage noch abschreckender wirkte. Ich hatte den Tod schon in vielen Formen gesehen, aber noch nie hatte er mir einen entsetzlicheren Eindruck gemacht als in dieser trüben, düsteren Wohnung.

Lestrade, dürr und rattengleich wie immer, stand neben der Tür und begrüßte Holmes und mich.

»Dieser Fall wird eine Sensation sein, Gentlemen«, sagte er. »Das ist das Erstaunlichste, was ich bisher erlebt habe, und ich bin doch wirklich kein Neuling.«

»Noch nichts gefunden?« fragte Gregson.

»Keine Spur!« antwortete Lestrade.

Holmes kniete neben der Leiche nieder und untersuchte sie eingehend. »Sind Sie sicher, daß keine Wunde vorhanden ist?« erkundigte er sich und deutete auf die zahlreichen Blutspritzer auf dem Boden.

»Ganz sicher!« erklärten beide Detektive wie aus einem Mund.

»Dann ist das also das Blut eines anderen Menschen –

wahrscheinlich des Mörders, wenn es sich überhaupt um einen Mord handelt. Das erinnert mich an den Todesfall von van Jansen in Utrecht im Jahre 1834. Erinnern Sie sich an den Fall, Gregson?«

»Nein.«

»Sie sollten den Bericht lesen. Es gibt nichts Neues unter der Sonne, es ist alles schon einmal dagewesen.«

Während er sprach, waren seine sensiblen Finger ständig tätig, er drückte, befühlte, betastete alles, öffnete sämtliche Knöpfe, und seine Augen hatten den gleichsam abwesenden Ausdruck, den ich schon öfters erwähnt habe. Da er diese Untersuchung so rasch durchführte, vermochte man sich kaum vorzustellen, daß sie eingehend war. Schließlich roch er an den Lippen des Toten und betrachtete dann die Sohlen der Lackschuhe.

»Ist er nicht bewegt worden?« erkundigte er sich.

»Nicht mehr, als für unsere Untersuchung nötig war.«

»Sie können ihn ins Leichenschauhaus bringen lassen«, sagte Holmes. »Es ist nichts weiter an ihm festzustellen.«

Gregson hatte vier Mann mit einer Bahre bereit, die er hereinkommen ließ. Als die Leute den Toten auf die Bahre legten, fiel ein Ring herunter und rollte über den Boden. Lestrade hob ihn auf und starrte ihn verblüfft an.

»Eine Frau ist hier gewesen!« rief er. »Das ist der Ehering einer Frau!«

Er streckte ihn uns entgegen. Zweifellos hatte dieser glatte Goldring einst den Finger einer Braut geschmückt.

»Das kompliziert noch alles«, meinte Gregson. »Und die Angelegenheit ist, weiß Gott, schon kompliziert genug.«

»Sind Sie sicher, daß es sie nicht vereinfacht?« bemerkte Holmes. »Aber wir kommen nicht weiter, wenn wir den Ring nur anstarren. Was haben Sie denn in seinen

Taschen gefunden?«
»Dort liegt es«, antwortete Gregson und führte uns zur Treppe, auf deren unterster Stufe einige Gegenstände lagen. »Eine goldene Uhr, Nr. 97163 von Barraud, London, eine schwere goldene Uhrkette, ein goldener Ring mit einem Freimaurerzeichen, eine goldene Krawattennadel – ein Bulldoggenkopf mit Rubinaugen –, eine Brieftasche aus Sämischleder mit Visitenkarten auf den Namen Enoch J. Drebber, Cleveland, entsprechend den Initialen E. J. D. in der Wäsche; kein Portemonnaie, aber Kleingeld im Wert von sieben Pfund dreizehn Shilling; eine Taschenausgabe von Boccaccios *Decamerone*, auf dem Titelblatt der Name Joseph Stangerson; zwei Briefe – einer an E. J. Drebber, der andere an Joseph Stangerson gerichtet.«
»Wohin adressiert?«
»c/o American Exchange, Strand. Beide sind von der Guion Steamship Company und bestätigen die Buchung von Plätzen auf dem Schiff von Liverpool. Es ist klar, daß der Mann nach New York zurückfahren wollte.«
»Haben Sie sich schon nach diesem Stangerson erkundigt?«
»Sofort«, antwortete Gregson. »Ich habe in allen Zeitungen Annoncen aufgegeben, und einer meiner Leute ist zum American Exchange gegangen, ist aber noch nicht zurückgekommen.«
»Haben Sie nach Cleveland gekabelt?«
»Heute morgen.«
»Wie lautete Ihre Anfrage?«
»Wir haben kurz den Tatbestand mitgeteilt und um alle vorhandenen Informationen gebeten.«
»Sie haben nicht um Angaben über irgendeinen Punkt, der Ihnen besonders wichtig erschien, gebeten?«
»Ich habe mich nach Stangerson erkundigt.«

»Sonst nichts? Gibt es nichts, das für diesen Fall besonders wichtig wäre? Wollen Sie nicht noch einmal telegrafieren?«

»Ich habe in meinem Telegramm alles Nötige gesagt«, erwiderte Gregson sichtlich gekränkt.

Holmes lachte leise vor sich hin und wollte gerade eine Bemerkung machen, als Lestrade, der im Vorderzimmer gewesen war, während wir im Korridor diese Unterhaltung führten, wieder erschien und sich mit aufgeblasener, selbstzufriedener Miene die Hände rieb.

»Mr. Gregson«, verkündete er, »ich habe soeben eine höchst wichtige Entdeckung gemacht, und zwar etwas, das übersehen worden wäre, wenn ich nicht die Wände aufmerksam untersucht hätte.«

Die Augen des kleinen Mannes funkelten, und offensichtlich kostete es ihn Mühe, seine Freude darüber, daß er seinem Kollegen eins auswischen konnte, zu unterdrücken.

»Sehen Sie mal hier!« rief er und eilte in das Zimmer zurück, dessen Atmosphäre nun weniger drückend zu sein schien seit der Entfernung des schauerlichen Gastes. »Stellen Sie sich hierher!«

Er zündete an seiner Schuhsohle ein Streichholz an und hielt es gegen die Wand.

»Schauen Sie sich das an!« sagte er triumphierend.

Ich habe schon erwähnt, daß die Tapete stellenweise in Fetzen herunterhing. Gerade in dieser Ecke des Zimmers fehlte ein großes Stück und ließ die gelbe Wand sehen. An dieser Stelle stand in blutroten Buchstaben ein einzelnes Wort geschrieben:

RACHE

»Was sagen Sie dazu?« fragte der Detektiv mit dem Ausdruck eines Schaubudenbesitzers, der seine Attraktionen vorführt. »Das wurde übersehen, weil die Ecke so dunkel ist, und niemand hat daran gedacht, diese

Stelle zu untersuchen. Der Mörder hat das mit seinem Blut geschrieben. Schauen Sie sich die Flecken an, wo das Blut an der Wand heruntergetropft ist! Das erledigt nun die Theorie, daß es sich um einen Selbstmord handeln könnte ... Aber warum hat er gerade diese Ecke ausgesucht, um das zu schreiben? ... Ich will es Ihnen sagen. Sehen Sie den Kerzenstummel auf dem Kaminsims? ... Als die Kerze brannte, war diese Ecke der hellste Punkt des Zimmers und nicht der dunkelste.«

»Und was soll das bedeuten?« fragte Gregson geringschätzig.

»Bedeuten? Das heißt doch, daß der Mann den Frauennamen Rachel schreiben wollte, aber gestört wurde, bevor er zu Ende schreiben konnte. Merken Sie sich das; wenn der Fall aufgeklärt ist, wird sich herausstellen, daß eine Frau namens Rachel darin verwickelt ist. Lachen Sie nur, Mr. Holmes. Sie mögen ja sehr klug sein, aber ein alter Jagdhund kommt eben doch immer auf die Fährte.«

»Entschuldigen Sie bitte!« sagte mein Freund, der den Ärger des kleinen Mannes durch einen Lachanfall hervorgerufen hatte. »Bestimmt haben Sie das Verdienst, als erster von uns diese Inschrift entdeckt zu haben, und es scheint, wie Sie sagen, ziemlich offensichtlich, daß der in dem geheimnisvollen Fall Mitwirkende dieses Wort geschrieben hat. Bis jetzt hatte ich ja noch keine Gelegenheit, das Zimmer zu untersuchen, werde es aber nun mit Ihrer gütigen Erlaubnis tun.«

Noch während Holmes sprach, zog er ein Zentimetermaß und ein Vergrößerungsglas aus der Tasche. Geräuschlos ging er mit diesen beiden Instrumenten im Zimmer umher, blieb einige Male stehen, kniete nieder, und einmal legte er sich sogar flach auf den Boden. So vertieft war er in diese Beschäftigung, daß es schien, als habe er uns ganz vergessen. Er murmelte leise vor sich hin, stieß zuweilen kleine Überraschungsrufe aus oder pfiff. Bei seinem Anblick mußte ich an einen reinrassigen, edlen Jagdhund denken, der im Gehölz hin und her rennt und aufgeregt winselt, bis er die verlorene Fährte wieder aufspürt. Mindestens zwanzig Minuten setzte er seine Untersuchungen fort, nahm peinlichst genau das Maß zwischen Spuren, die für mich gänzlich unsichtbar waren, und ab und zu legte er aus mir ebenfalls unerklärlichen Gründen sein Zentimetermaß an die Wand an. An einer Stelle sammelte er höchst sorgfältig ein Häufchen grauen Staub vom Boden und tat es behutsam in ein Kuvert. Schließlich untersuchte er mit seinem Vergrößerungsglas das Wort an der Wand, betrachtete aufmerksam jeden Buchstaben. Endlich schien er befriedigt zu sein, denn er steckte das Zentimetermaß und das Glas wieder in die Tasche.

»Man sagt, daß Genie darin bestehe, sich auch um die kleinste Kleinigkeit Mühe zu geben«, erklärte er lächelnd. »Es ist zwar keine gute Definition, trifft aber auf die Arbeit des Detektivs zu.«

Gregson und Lestrade hatten ihrem Amateurkollegen mit beträchtlicher Neugierde und leicht verächtlich zugesehen. Offensichtlich konnten sie nicht erkennen, was ich langsam begriff, nämlich, daß Holmes auch bei seinen scheinbar unwichtigen Handlungen ein bestimmtes Ziel im Auge hatte.

»Also, was sagen Sie nun?« fragten beide.

»Sie sind dem Mörder auf der Spur, Gentlemen«, erwiderte Holmes, »daß es eine zu große Anmaßung von mir wäre, Ihnen meine Hilfe anzubieten. Ich möchte Sie nicht des Ruhmes, der Ihren Verdiensten gebührt, berauben. Aber wenn Sie mich über den Verlauf Ihrer Ermittlungen auf dem laufenden halten, werde ich Ihnen gerne behilflich sein, soweit es mir möglich ist.

Inzwischen möchte ich jedoch gerne mit dem Polizisten sprechen, der die Leiche gefunden hat. Würden Sie mir bitte seinen Namen und die Adresse geben?«
Lestrade sah in seinem Notizbuch nach: »John Rance. Er hat jetzt keinen Dienst. Er wohnt Audley Court 46, Kensington Park Gate.«
Holmes schrieb sich die Adresse auf.
»Kommen Sie, Doktor«, sagte er, »wir gehen zu ihm.«
Dann wandte er sich den beiden Detektiven zu: »Ich will Ihnen etwas sagen, was zur Klärung des Falles beitragen könnte: Hier ist ein Mord begangen worden; der Mörder ist ein Mann. Er ist über ein Meter achtzig groß, steht in den besten Jahren, hat für seine Größe relativ kleine Füße, trug plumpe viereckige Schuhe und rauchte eine Trichinopoly-Zigarre. Er ist mit seinem Opfer in einer vierrädrigen Droschke hergekommen, die von einem Pferd mit drei alten Hufeisen und einem neuen an einem der Vorderfüße gezogen wurde. Wahrscheinlich hat der Mörder ein rotes Gesicht, und die Nägel seiner rechten Hand sind außergewöhnlich lang. Das sind nur einige Angaben, die Ihnen aber nützlich sein könnten.«
Ungläubig lächelnd blickten Lestrade und Gregson einander an.
»Wenn der Mann ermordet wurde, wie ist das denn vor sich gegangen?« fragte Lestrade.
»Vergiftet!« erwiderte Holmes kurz und ging davon. An der Tür drehte er sich um und sagte: »Übrigens, noch etwas, Lestrade: Verlieren Sie nicht Ihre Zeit damit, nach einer Miss Rachel zu suchen – es handelt sich nämlich um das deutsche Wort ›Rache‹.« Nach diesen verblüffenden Worten ging er und ließ seine beiden Rivalen völlig konsterniert zurück.

4

Um ein Uhr verließen wir das Haus in der Brixton Road und gingen zum nächsten Postamt, wo Holmes ein langes Telegramm aufgab; dann rief er eine Droschke und gab dem Kutscher die Adresse des Polizisten.

»Die besten Aussagen sind immer die aus erster Hand«, erklärte er. »Wenn mir der Fall auch bereits ziemlich klar ist, so möchte ich mich doch über alle Punkte möglichst genau orientieren.«

»Ich kann Sie überhaupt nicht begreifen, Holmes«, sagte ich. »Es ist doch unmöglich, daß Sie jetzt schon Bescheid wissen.«

»O doch«, erwiderte er. »Gleich nach unserem Eintreffen sah ich als erstes die doppelte Räderspur eines Wagens. Da es gestern seit einer Woche das erstemal geregnet hat, mußten die tiefen Spuren auf der feuchten Straße von dieser Nacht herrühren; daher waren auch die Eindrücke der Pferdehufe deutlich erkennbar – der des einen Vorderhufes noch deutlicher als die drei anderen, woraus ich schloß, daß dieser Huf frisch beschlagen war. Also war die Droschke nach dem Regen vorgefahren, und da sie, gemäß Gregsons Angaben, am Morgen nicht dort zu sehen war, mußte sie die beiden Leute nachts zum Haus gefahren haben.«

»Das klingt einleuchtend«, meinte ich, »aber woher wußten Sie, wie groß der Mann ist?«

»In neun Fällen von zehn kann man auf die Größe eines Mannes aus der Länge seiner Schritte schließen. Die Rechnung ist einfach genug, aber ich will Sie nicht mit Zahlen langweilen. Jedenfalls konnte ich an den Spuren auf dem Gartenweg und denen im Haus die Schrittgröße des Mannes messen. Dann hatte ich noch einen Anhalt für meine Berechnungen: wenn jemand auf eine Wand schreibt, tut er das instinktiv oberhalb seiner

Augen – die Schrift steht in einer Höhe von über einem Meter achtzig. Die Bestimmung seiner Körpergröße war also ein Kinderspiel.«
»Und sein Alter?« fragte ich.
»Wenn ein Mann eine Pfütze von ein Meter vierzig überspringen kann, muß er noch sehr gut beieinander sein – so breit ist nämlich die Pfütze im Garten. Ein Mann in Lackschuhen war um die Pfütze herumgegangen, der mit den viereckigen Schuhen war darübergesprungen. Das hat also gar nichts Geheimnisvolles an sich. Ich wende einfach auf das gewöhnliche Leben einige der Beobachtungen an, die ich in meinem Artikel auseinandergesetzt habe. Ist Ihnen noch etwas unklar?«
»Die Fingernägel und die Zigarre!«
»Die Buchstaben an der Wand wurden mit einem in Blut getauchten Zeigefinger geschrieben. Durch mein Vergrößerungsglas konnte ich erkennen, daß der Kalk leicht gekratzt war, was nur damit zu erklären ist, daß die Nägel des Mannes nicht kurz geschnitten waren. Dann habe ich vom Boden etwas Asche aufgelesen: sie war dunkel und flockig – die Asche einer Trichinopoly-Zigarre. Ich habe die verschiedenen Zigarrenaschen studiert, ja sogar eine Abhandlung darüber geschrieben, und bilde mir ein, auf den ersten Blick die Asche jeder bekannten Zigarren- und Tabakmarke erkennen zu können. Gerade durch solche Kleinigkeiten unterscheidet sich der geschickte Detektiv von Leuten der Klasse eines Gregson und Lestrade.«
»Und das rote Gesicht?« fragte ich.
»Ach, das war schon eine etwas kühnere Folgerung, obwohl ich sicher bin, daß sie stimmt. Bei dem augenblicklichen Stand der Dinge dürfen Sie mich aber danach nicht fragen.«
Ich griff mir an die Stirn. »Ich bin völlig durcheinander«, erklärte ich. »Je mehr ich darüber nachdenke, desto

rätselhafter kommt mir das Ganze vor. Wieso kamen diese beiden Männer – wenn zwei Männer da waren – in das leere Haus? Was ist aus dem Kutscher geworden, der sie gefahren hat? Wie kann ein Mann einen anderen zwingen, Gift zu nehmen? Woher kam das Blut? Was war die Absicht des Mörders, da es sich ja um keinen Raubmord handelt? Woher kam der Ring der Frau? Und vor allem, warum schrieb der zweite Mann das deutsche Wort ›Rache‹ an die Wand? Ich muß gestehen, daß ich all diese Dinge nicht auf einen Nenner bringen kann.«
Holmes lächelte zustimmend.
»Sie erkennen die Schwierigkeit des Falles sehr gut«, erwiderte er, »aber noch ist vieles dunkel, obwohl ich mir über die Hauptfakten bereits im klaren bin. Was nun die Entdeckung des armen Lestrade anbelangt, so handelt es sich einfach um einen plumpen Versuch des Täters, die Polizei auf die falsche Spur zu locken, indem er Sozialismus und Geheimgesellschaften vortäuscht. Dann noch etwas: vielleicht haben Sie bemerkt, daß das A gotisch geschrieben ist. Ein Deutscher wird jedoch bei der Blockschrift stets lateinische Lettern verwenden. Wir können also mit Bestimmtheit sagen, daß der Betreffende kein Deutscher war. Es handelt sich um eine List, um die Untersuchung auf die falsche Bahn zu leiten. Ich werde Ihnen jetzt nicht mehr von dem Fall erzählen, Doktor. Sie wissen ja, daß sich ein Zauberkünstler um seinen Erfolg bringt, wenn er seine Kunststücke erklärt, und wenn ich Ihnen zuviel von meiner Arbeitsmethode zeige, werden Sie auf den Gedanken kommen, ich sei doch ein ganz gewöhnlicher Mensch.«
»Das werde ich nie glauben!« sagte ich. »Ihre Forschungsmethoden grenzen so sehr an die exakte Wissenschaft, wie das überhaupt möglich ist.«
Holmes strahlte über meine so überzeugt ausgesprochenen Worte. Ich hatte schon früher bemerkt, daß er für

Schmeicheleien, die man seiner Kunst zollte, so empfänglich war wie eine Frau, deren Schönheit man bewunderte.

»Ich will Ihnen noch etwas sagen«, fuhr er fort. »Mr. Lackschuh und Mr. Viereckschuh sind in der selben Droschke gefahren, höchst freundschaftlich – wahrscheinlich sogar Arm in Arm – zusammen durch das Vorgärtchen gekommen. Im Zimmer sind sie auf und ab gegangen, das heißt, Mr. Lackschuh stand still, während Mr. Viereckschuh auf und ab ging. All das konnte ich aus dem Staub lesen – außerdem konnte ich lesen, daß er beim Gehen immer aufgeregter wurde. Das ergibt sich aus der zunehmenden Größe seiner Schritte. Er redete die ganze Zeit, redete sich zweifellos in Wut. Dann geschah der Mord. Das ist alles, was ich bis jetzt selbst weiß, der Rest sind lediglich Vermutungen und Spekulationen. Wir haben aber eine gute Ausgangsbasis . . . Jetzt müssen wir uns jedoch beeilen, denn ich möchte am Nachmittag in das Neruda-Konzert gehen.«

Während dieser Unterhaltung war unsere Droschke durch eine Reihe trostloser Straßen und Gassen gefahren. In einer der düstersten machte unser Kutscher schließlich halt. »Dort ist Audley Court«, sagte er und deutete auf ein schmales Gäßchen, das die Reihe der traurigen Backsteinmauern unterbrach. »Ich werde hier auf Sie warten.«

Audley Court machte einen wenig anziehenden Eindruck. Durch die enge Passage kamen wir in einen gepflasterten viereckigen Hof, der von trübseligen Häuschen umschlossen war. Wir bahnten uns den Weg zwischen schmutzigen Kindern und unter reihenweise aufgehängter Wäsche, bis wir zu Nummer 46 kamen und dort auf einem kleinen Messingschild den Namen »Rance« fanden.

Es hieß, der Polizist schliefe noch, und so warteten wir

in dem kleinen Wohnzimmer auf ihn.
Schließlich kam der Mann, wenig begeistert. »Ich habe meine Meldung ja längst erstattet«, erklärte er mürrisch.
Holmes zog ein Zehnshilling-Goldstück aus der Tasche und rollte es spielerisch in der Hand.
»Wir möchten aber gerne den Bericht aus Ihrem eigenen Mund hören«, entgegnete er.
»Mit dem größten Vergnügen sage ich Ihnen alles, was ich weiß«, erklärte nun der Polizist, die Augen auf das kleine Goldstück gerichtet.
»Erzählen Sie uns mit Ihren Worten, was passiert ist.«
Rance setzte sich auf das Roßhaarsofa, zog die Stirn in Falten und begann: »Ich will von vorne anfangen. Ich hatte von zehn Uhr abends bis sechs Uhr morgens Dienst. Um elf Uhr gab es eine Schlägerei im *Weißen Hirsch*, aber danach war wieder alles ruhig. Um ein Uhr fing es an zu regnen, und ich traf Harry Murcher – sein Bezirk ist Holland Grove –, wir sind an der Ecke der Henrietta Street gestanden und haben uns ein bißchen unterhalten. So gegen die zwei habe ich mir gesagt, ich müßte mich mal wieder etwas umsehen, ob in der Gegend von Brixton Road alles in Ordnung ist. Weit und breit war keine Menschenseele zu sehen, und alles war trübselig; nur ein oder zwei Kutschen kamen vorbei. Während ich so einherbummelte und gerade dachte, wie gut mir jetzt ein heißer Punsch tun würde, fiel mir plötzlich im Fenster des Hauses ein Licht auf. Nun weiß ich ja, daß die beiden Häuser in Lauriston Gardens leer stehen, weil der Besitzer die Kanalisation nicht in Ordnung bringen läßt, obwohl der letzte Mieter des einen Hauses an Typhus gestorben ist. Drum war ich so überrascht, als ich das Licht sah, und ich sagte mir, da müsse was nicht stimmen. Als ich zur Haustür kam . . .«
». . . blieben Sie stehen und sind dann zur Gartentür zurückgegangen«, unterbrach ihn Holmes. »Warum ha-

ben Sie das getan?«
Rance zuckte zusammen und starrte Holmes fassungslos an.
»Aber woher wissen Sie denn das, Sir?« stammelte er. »Als ich nämlich zur Haustür kam, war alles so still und unheimlich, daß ich dachte, es wäre doch besser, wenn noch jemand bei mir wäre. Ich bin also zur Gartentür gegangen, um nach Murchers Laterne zu schauen, aber weit und breit war weder er noch irgendeine Menschenseele zu sehen.«
»Niemand war auf der Straße?«
»Nicht eine Menschenseele, Sir, nicht einmal ein Hund. Dann riß ich mich zusammen, bin zurückgegangen und habe die Tür aufgemacht. Drinnen war alles mäuschenstill, und so bin ich in das Zimmer gegangen, in dem das Licht brannte. Eine Kerze flackerte auf dem Kaminsims – es war eine rote –, und bei dem Licht sah ich . . .«
»Ja, ich weiß alles, was Sie gesehen haben. Sie sind ein paarmal im Zimmer herumgegangen, knieten dann bei der Leiche nieder, dann sind Sie wieder durchs Zimmer gegangen, versuchten die Küchentür zu öffnen, und dann . . .«
Rance sprang entsetzt hoch, seine Augen funkelten mißtrauisch. »Wo waren Sie denn versteckt, daß Sie all das gesehen haben?« rief er. »Ich glaube, Sie wissen viel mehr, als Sie sollten.«
Holmes lachte und reichte dem Polizisten seine Visitenkarte. »Verhaften Sie mich nicht wegen Mordes«, sagte er. »Ich bin einer von den Jagdhunden, ich bin nicht der Wolf. Das kann Ihnen Mr. Gregson oder Mr. Lestrade bestätigen. Erzählen Sie also weiter. Was haben Sie dann getan?«
Rance setzte sich wieder, blickte aber noch weiterhin mißtrauisch. »Ich bin zur Gartentür zurück und pfiff. Daraufhin kamen Murcher und noch zwei Kameraden.«

»Und sonst war keiner auf der Straße?«
»Eigentlich nein.«
»Was heißt das?«
Das Gesicht des Polizisten verzog sich zu einem breiten Grinsen. »Ich habe schon viele Besoffene in meinem Leben gesehen«, erklärte er, »aber noch nie einen, der so stinkbesoffen war. Als ich aus dem Haus kam, lehnte ein Kerl am Gitter und grölte irgendein Lied, so laut er konnte. Er konnte kaum auf den Beinen stehen, der hätte mir also nicht helfen können.«
»Wie sah denn der Mann aus?« erkundigte sich Holmes.
Rance schien über diese Unterbrechung etwas ärgerlich zu sein. »Er war so besoffen, daß wir ihn auf die Wache gebracht hätten, wenn wir nicht Wichtigeres zu tun gehabt hätten . . .«
»Wie sah er denn aus, wie war er angezogen, haben Sie das nicht gesehen?« unterbrach ihn Holmes ungeduldig.
»Das habe ich natürlich gesehen, ich habe ihn ja aufrichten müssen – Murcher und ich haben ihn zwischen uns genommen. Es war ein großer Kerl mit rotem Gesicht, bis zum Kinn eingemummt . . .«
»Und was ist aus ihm geworden?« rief Holmes.
»Das weiß ich nicht, wir hatten ja genug zu tun«, erklärte der Polizist gekränkt. »Der wird schon nach Haus gefunden haben, da können Sie sich drauf verlassen.«
»Was hatte er denn an?«
»Einen braunen Mantel.«
»Hatte er eine Peitsche in der Hand?«
»Eine Peitsche . . . nein!«
»Die wird er zurückgelassen haben«, murmelte Holmes.
»Sie haben nicht zufällig danach eine Droschke gesehen oder gehört?«
»Nein.«
»Hier, nehmen Sie die zehn Shilling«, sagte Holmes,

stand auf und griff nach seinem Hut. »Ich fürchte, Rance, daß Sie es bei der Polizei nicht weit bringen werden. Sie sollten Ihren Kopf nicht nur als Dekoration benutzen, sondern auch zum Denken. Gestern nacht hätten Sie sich die Wachtmeisterlitzen verdienen können. Der Mann, den Sie sozusagen in der Hand hatten, ist der, den wir suchen, und der die Schlüssel des Geheimnisses besitzt. Kommen Sie, Doktor!«

Wir gingen zusammen zum Wagen zurück, unseren Polizisten ungläubig, aber offensichtlich in gedrückter Stimmung zurücklassend.

»Dieser Idiot!« sagte Holmes erbittert, während wir davonfuhren. »So etwas, hat ein solches Glück und merkt es nicht einmal.«

»Mir ist immer noch alles rätselhaft. Seine Beschreibung des Mannes stimmt zwar mit Ihrer Vermutung überein. Aber warum sollte er nochmals zum Haus zurückgekommen sein? Das tut doch ein Verbrecher nicht.«

»Der Ring, mein Freund, der Ring! Darum ist er zurückgekommen. Aber wenn uns keine andere Möglichkeit bleibt, ihn zu kriegen, so können wir den Ring als Köder benutzen. Ich werde ihn schon schnappen, Doktor, da gehe ich mit Ihnen jede Wette ein. Übrigens muß ich mich bei Ihnen bedanken: Ohne Sie hätte ich wahrscheinlich gar nicht den Polizisten aufgesucht und hätte so die beste Gelegenheit versäumt, wunderbare Kriminalstudien zu machen. Jetzt wollen wir aber zu Mittag essen, und dann will ich in das Konzert der Neruda. Sie hat eine wunderbare Technik. Wie heißt schon dieses kleine Stück von Chopin, das sie so meisterhaft spielt: Tra-la-lira-lira-la.«

Dieser Amateur-Jagdhund lehnte sich zurück und trällerte wie eine Nachtigall vor sich hin, während ich über die Mannigfaltigkeit des menschlichen Geistes nachdachte.

5

Die morgendlichen Anstrengungen hatten meine schwache Gesundheit derart angegriffen, daß ich am Nachmittag todmüde war. Nachdem Holmes ins Konzert gegangen war, legte ich mich aufs Sofa und versuchte, einige Stunden zu schlafen. Es war ein nutzloses Unterfangen: Meine Gedanken waren durch die Ereignisse zu erregt, die seltsamsten Überlegungen schwirrten mir im Kopf herum. Jedesmal, wenn ich die Augen schloß, sah ich die verkrampfte Gestalt des Ermordeten vor mir liegen. Sein Anblick war so abstoßend, daß ich nur mit Mühe ein Gefühl der Dankbarkeit für denjenigen, der diesen Menschen aus der Welt geschafft hatte, unterdrücken konnte. Wenn je ein menschliches Antlitz ein Spiegelbild der übelsten Laster darstellte, war es bestimmt das von Enoch J. Drebber aus Cleveland. Aber ich war dennoch der Meinung, daß die Gerechtigkeit ihren Lauf nehmen müsse und daß die Verworfenheit des Opfers keinen Milderungsgrund für das Gesetz darstellen konnte.

Je mehr ich über die höchst außergewöhnliche Hypothese meines Mitbewohners, daß der Mann vergiftet worden sei, nachdachte, desto merkwürdiger kam sie mir vor. Es fiel mir ein, daß Holmes am Mund des Toten gerochen hatte, und ich zweifelte nicht daran, daß er etwas entdeckt hatte, was ihm Grund zu seiner Vermutung gab. Zudem, wenn keine Vergiftung vorlag, was hätte sonst den Tod des Mannes hervorrufen sollen, da keinerlei Wunden oder Würgmale an der Leiche festzustellen gewesen waren? Doch andererseits, wessen Blut war es, das den Boden derart bespritzt hatte? Es waren keine Anzeichen eines Kampfes vorhanden, auch hatte der Ermordete keine Waffe gehabt, mit der er einen Gegner hätte verletzen können. Ich sagte mir, daß es weder Holmes noch mir leicht fallen könnte, Schlaf zu finden, solange all diese Fragen ungelöst waren. Seine ruhige, zuversichtliche Art überzeugte mich jedoch, daß er sich bereits eine Theorie gebildet habe, die alle Fakten erklärte, obwohl ich mir nicht vorstellen konnte, was es war.

Er kam spät zurück – so spät, daß ich wußte, er kam nicht direkt vom Konzert. Das Abendessen stand bereits auf dem Tisch.

»Es war großartig«, sagte er, als er sich setzte. »Erinnern Sie sich noch, was Darwin über Musik sagt? Er behauptet, daß der Mensch schon lange die Fähigkeit hatte, Musik hervorzubringen und zu würdigen, bevor er die Gabe der Sprache besaß. Vielleicht werden wir deshalb so stark von ihr beeinflußt. In unserem Unterbewußtsein sind noch dunkle Erinnerungen wach an jene nebelhaften Zeiten, als die Menschheit sich noch in ihrem Urzustand befand.«

»Das ist aber eine sehr weitreichende Idee«, bemerkte ich.

»Unsere Ideen müssen so umfassend sein wie die Natur selbst, wenn wir die Natur verstehen wollen«, erwiderte er. »Was ist übrigens mit Ihnen los? Sie sehen schlecht aus. Diese Brixton-Road-Geschichte hat Sie wohl angegriffen?«

»Sie haben recht, das muß ich zugeben. Nach meinen Erlebnissen in Afghanistan sollte ich allerdings weniger schwach besaitet sein. Ich habe, ohne die Nerven zu verlieren, mit eigenen Augen bei Maiwand gesehen, wie meine Kameraden in Stücke geschlagen wurden.«

»Ich verstehe«, meinte Holmes. »Dieser Fall hat etwas Mysteriöses an sich, das die Phantasie anregt; und wo keine Phantasie ist, gibt es auch kein Entsetzen. Haben Sie die Abendzeitung gelesen?«

»Nein.«

»Es steht ein ziemlich genauer Bericht über den Fall darin. Allerdings wird nicht erwähnt, daß der Ehering einer Frau auf den Boden fiel, als die Leiche fortgetragen wurde. Aber es ist beser, daß das nicht drin steht.«
»Warum.«
»Sehen Sie sich diese Annonce an«, antwortete er. »Ich habe sie gleich heute in alle Zeitungen setzen lassen.«
Er reichte mir die Zeitung, und ich schaute auf die von ihm bezeichnete Stelle. Es war die erste Annonce in der Spalte »Gefunden«. Sie lautete:

»Heute morgen wurde in der Brixton Road zwischen der Wirtschaft *Weißer Hirsch* und Holland Grove ein einfacher goldener Ehering gefunden. Abzuholen zwischen acht und neun heute abend bei Dr. Watson, Baker Street 221 b.«

»Entschuldigen Sie, bitte, daß ich Ihren Namen benutzte«, sagte Holmes. »Hätte ich aber meinen angegeben, würden sich einige dieser Holzköpfe in die Sache mischen wollen.«
»Bitte schön, das macht nichts«, erwiderte ich. »Aber wenn sich jemand meldet, habe ich doch keinen Ring.«
»O doch«, und er gab mir einen. »Der hier wird genügen, er ist eine täuschende Nachahmung.«
»Und wer, glauben Sie, wird sich auf diese Annonce hin melden?«
»Der Mann mit dem braunen Mantel – unser Freund mit dem roten Gesicht und den viereckigen Schuhen. Wenn er nicht persönlich kommt, wird er einen Komplizen schicken.«
»Wird er das nicht als zu gefährlich ansehen?«
»Wo denken Sie hin! Wenn meine Theorie richtig ist, und zu dieser Annahme habe ich guten Grund, wird der Mann eher alles riskieren, als den Ring zu verlieren.

Meiner Ansicht nach ließ er ihn fallen, als er sich über Drebbers Leiche beugte, und merkte es nicht gleich. Nachdem er das Haus verlassen hatte, entdeckte er seinen Verlust und eilte zurück, fand aber dort bereits die Polizei vor, weil er die Dummheit begangen hatte, die Kerze brennen zu lassen. Er mußte sich betrunken stellen, um keinen Verdacht zu erregen, daß er auf einmal am Gartengitter aufgetaucht war. Versetzen Sie sich nun in die Lage des Mannes. Er muß es für möglich halten, den Ring nach Verlassen des Hauses auf der Straße verloren zu haben. Was wird er also tun? Er wird eifrigst die Abendzeitungen studieren, in der Hoffnung, eine entsprechende Anzeige zu finden. Und nun liest er diese. Er wird überglücklich sein. Warum sollte er eine Falle wittern? Er kann nicht vermuten, daß der Fund des Ringes mit dem Mord in Verbindung gebracht wird – er wird bestimmt kommen. In spätestens einer Stunde werden Sie ihn hier sehen.«

»Und dann?«

»Das weitere überlassen Sie nur mir. Haben Sie eine Waffe?«

»Meinen alten Dienstrevolver und einige Patronen.«

»Dann sollten Sie ihn reinigen und laden. Das ist ein verzweifelter Mensch, und obwohl ich ihn überraschen werde, ist es besser, auf alles gefaßt zu sein.«

Ich ging in mein Schlafzimmer und befolgte Holmes Rat. Als ich mit dem Revolver zurückkam, war der Tisch abgeräumt, und Holmes war in seine Lieblingsbeschäftigung, Geige zu spielen, versunken.

»Das Netz zieht sich zusammen«, empfing er mich. »Gerade habe ich eine Antwort auf mein Telegramm nach Amerika erhalten. Meine Theorie ist richtig.«

»Und zwar?« fragte ich aufgeregt.

»Meiner Geige würden neue Saiten guttun«, erklärte er statt einer Antwort. »Stecken Sie Ihren Schießprügel in die Tasche. Wenn der Mann kommt, sprechen Sie ganz natürlich mit ihm. Das übrige überlassen Sie mir. Und erschrecken Sie ihn nicht, indem Sie ihn zu scharf anschauen.«

»Es ist jetzt acht«, sagte ich und sah auf meine Uhr.

»Ja. Er wird wahrscheinlich in einigen Minuten hier sein. Öffnen Sie ganz wenig die Tür . . . gut so. Jetzt stecken Sie den Schlüssel innen rein . . . Danke. Da habe ich gestern bei einem Antiquar dieses merkwürdige alte Buch ausgegraben: *De Jure inter Gentes* – 1642 auf lateinisch in Lüttich erschienen. König Karl hatte den Kopf noch fest auf seinen Schultern, als dieses kleine braungebundene Buch herauskam.«

»Wer ist der Drucker?«

»Ein gewisser Philippe de Croy, ich habe noch nie etwas von ihm gehört. Auf dem ersten Blatt steht verblaßt ›Ex libris Guglielmi Whyte‹. Wer wohl dieser Wilhelm Whyte gewesen sein mag? Sicherlich irgendein doktrinärer Jurist aus dem 17. Jahrhundert. Er schreibt auch mit so juristischen Schnörkeln . . . Ah, da kommt, glaube ich, unser Mann.«

Kaum hatte er ausgesprochen, als geklingelt wurde. Holmes stand auf und schob seinen Sessel zur Tür. Wir hörten das Dienstmädchen unten durch den Flur gehen und die Haustür öffnen.

»Wohnt hier Dr. Watson?« erkundigte sich eine klare, aber ziemlich harte Stimme. Wir konnten die Antwort des Mädchens nicht hören, doch die Haustür wurde geschlossen, und jemand kam die Treppe hinauf. Die Schritte tönten unsicher, schlurfend. Holmes sah erstaunt aus. Dann wurde leise an der Tür geklopft.

»Herein!« rief ich.

Statt des gewalttätigen Mannes, den wir erwarteten, humpelte eine verhutzelte alte Frau ins Zimmer. Sie schien von dem plötzlichen Lichtschein geblendet, denn, nachdem sie einen tiefen Knicks gemacht hatte, stand sie, aus ihren trüben Augen blinzelnd, da und kramte mit zitternden Fingern nervös in ihrer Tasche. Holmes sah derart verdutzt aus, daß ich nur mit Mühe ein Lachen unterdrücken konnte. Schließlich zog die alte Hexe eine Abendzeitung hervor und deutete auf unsere Anzeige. »Auf das hin bin ich hergekommen, Gentlemen«, sagte sie und machte wieder einen Knicks, »ein goldener Ehering in der Brixton Road verloren. Er gehört meiner Tochter Sally, die sich vor einem Jahr verheiratet hat. Ihr Mann ist Steward auf einem Schiff der Union-Linie, und was der sagen würde, wenn er nach Hause kommt und sie den Ring nicht mehr hat, das will ich mir gar nicht vorstellen, besonders da er schon normalerweise schlimm genug ist, gar nicht davon zu reden, wenn er ein paar Glas getrunken hat. Gestern abend ist sie zum Zirkus gegangen, mit . . .«

»Ist das Ihr Ring?« fragte ich.

»Gott sei Dank!« rief die Alte. »Sally wird heute abend überglücklich sein . . . Das ist der Ring.«

»Und wie ist Ihre Adresse, bitte?« erkundigte ich mich und nahm einen Bleistift.

»Dunkan Street 13, in Houndsditch. Ein langer Weg von hier.«

»Brixton Road liegt aber nicht auf dem Weg zwischen irgendeinem Zirkus und Houndsditch«, warf Sherlock Holmes scharf ein.

Die alte Frau wandte sich um und starrte ihn mit ihren kleinen, rotumränderten Augen an. »Dieser Gentleman hat mich nach meiner Adresse gefragt«, entgegnete sie. »Sally wohnt in Pekham, Mayfield Place 3.«

»Und Sie heißen . . .?«

»Ich – Sawyer – sie Dennis, ihr Mann ist Tom Dennis, ein sauberer, feiner Bursche, solange er auf See ist, die Reederei hat keinen besseren. Aber wenn er an Land ist

– mit den Weibern und den Kneipen . . .«
»Hier ist Ihr Ring, Mrs. Sawyer«, unterbrach ich sie auf ein Zeichen meines Freundes hin. »Er gehört bestimmt Ihrer Tochter, und ich freue mich, daß ich ihn der rechtmäßigen Besitzerin zurückgeben kann.«
Segenswünsche und Dankesbeteuerungen murmelnd, steckte die Alte den Ring in die Tasche und schlurfte die Treppe hinunter. Kaum war sie fort, stand Holmes auf und stürmte in sein Zimmer. Einige Sekunden später kam er im Mantel, die Krawatte in der Hand, wieder.
»Ich muß ihr nach«, erklärte er atemlos. »Sie ist seine Komplizin und wird mich auf seine Spur bringen. Warten Sie auf mich.« Gerade als die Haustür hinter unserer Besucherin zuschlug, war Holmes bereits die Treppe hinuntergelaufen. Vom Fenster aus sah ich, wie sie unsicher die andere Straßenseite entlangging und er in einiger Entfernung folgte. Entweder ist seine ganze Theorie falsch, oder er wird nun des Rätsels Lösung finden, sagte ich mir. Es war völlig überflüssig gewesen, daß er mich gebeten hatte, auf ihn zu warten, denn an Schlaf war nicht zu denken, ehe ich den Ausgang dieses Abenteuers erfuhr.
Kurz vor neun war er fortgegangen. Ich hatte keine Ahnung, wie lange er fortbleiben würde; so setzte ich mich hin, paffte meine Pfeife und las Henri Murgers *Vie de Bohème*. Es schlug zehn . . . ich hörte die Schritte des Dienstmädchens, das zu Bett ging . . . elf Uhr . . . die schwereren Schritte unserer Wirtin erklangen auf dem Korridor, auch sie ging zu Bett. Es war schon fast zwölf, als ich ihn den Schlüssel in die Haustür stecken hörte. Sowie er ins Zimmer kam, erkannte ich an seinem Gesichtsausdruck, daß er kein Glück gehabt hatte. Heiterkeit und Verdruß schienen um die Oberhand zu kämpfen, bis schließlich die Heiterkeit den Sieg davontrug und er in ein herzliches Lachen ausbrach.

»Um nichts in der Welt möchte ich, daß Scotland Yard das erfährt!« sagte er und ließ sich in seinen Sessel fallen. »Ich habe mich so oft über sie lustig gemacht, daß sie sich jetzt über mich totlachen würden. Aber ich kann es mir leisten, jetzt zu lachen, denn ich weiß, daß ich doch recht behalten werde.«

»Was ist denn los?« fragte ich.

»Ach, Ihnen kann ich es ja erzählen, wenn auch die Geschichte nicht gerade schmeichelhaft für mich ist. Also: diese Alte war ein Stück gegangen, als sie zu hinken anfing; es schien, als könne sie nicht mehr weiter, und sie rief eine vorüberfahrende Droschke. Es gelang mir, mich heranzuschleichen, damit ich hören konnte, welche Adresse sie angab. Aber ich hätte mir die Mühe sparen können, denn sie schrie so laut, daß es über die Straße schallte: ›Fahren Sie mich in die Dunkan Street 13 in Houndsditch.‹ Ich dachte mir, das sieht ja echt aus, und nachdem sie eingestiegen war, sprang ich hinten auf – das ist eine Kunst, die jeder Detektiv beherrschen sollte. Wir rumpelten davon und machten nicht einmal halt, bis wir die bewußte Straße erreicht hatten. Bevor wir zu dem Haus kamen, sprang ich ab und schlenderte gemächlich die Straße hinunter. Der Wagen hielt, der Kutscher stieg vom Bock, öffnete die Tür und stand erwartungsvoll da . . . niemand kam heraus. Als ich hinzukam, suchte er wütend in dem leeren Wagen und gab eine Sammlung heftigster Flüche von sich, wie ich sie noch selten gehört habe. Nicht die geringste Spur seines Fahrgastes war zu sehen, und ich fürchte, er wird lange auf das Fahrgeld warten müssen. Im Haus Nummer 13 stellten wir dann fest, daß es einem respektablen Tapezierer Namens Keswick gehört und daß kein Mensch darin je die Namen Sawyer oder Dennis gehört hat.«

»Sie wollen doch nicht sagen«, meinte ich erstaunt, »daß

dieses zittrige, alte Weibchen imstande war, während der Fahrt aus dem Wagen zu springen, ohne daß Sie oder der Kutscher es bemerkt hätten!«
»Zum Teufel mit dem alten Weib!« entgegnete Holmes wütend. »Wir waren die alten Weiber, daß wir uns so an der Nase haben herumführen lassen. Das muß ein junger Mann gewesen sein, und ein sehr gelenkiger, dazu ein wunderbarer Schauspieler. Die Verkleidung war erstklassig. Als er merkte, daß ich ihm folgte, ist er mir entkommen. Das ist ein Beweis, daß der Mann, hinter dem wir her sind, gar nicht so allein dasteht, wie ich mir vorstellte, sondern daß er Freunde hat, die etwas für ihn riskieren. Aber, Doktor, Sie sehen völlig erledigt aus. Ich kann Ihnen nur raten, schlafen zu gehen.«
Ich fühlte mich wirklich sehr müde und befolgte Holmes' Rat. Er blieb vor dem glimmenden Feuer sitzen, und noch spät in der Nacht hörte ich die tiefen, melancholischen Töne seiner Geige und wußte, daß er über die Lösung dieses seltsamen Problems, das er lösen wollte, brütete.

6

Am nächsten Tag waren die Zeitungen voll vom »Brixton-Geheimnis«, wie sie es nannten. Alle brachten einen langen Bericht über den Mordfall, einige erwähnten ihn sogar in ihren Leitartikeln, und ich erfuhr Dinge, die mir noch neu waren. Ich besitze noch mehrere entsprechende Zeitungsausschnitte und gebe nachstehend einige Auszüge wieder:
Der *Daily Telegraph* erklärte, daß es in der Kriminalgeschichte selten einen mysteriöseren Fall gegeben habe: der deutsche Name des Ermordeten, kein Anhalt für die

Motive, die Inschrift an der Wand, all das weise darauf hin, daß es sich um eine politische Tat von Emigranten oder Revolutionären handle. Die Sozialisten hätten in Amerika eine weitverzweigte Organisation, und der Ermordete habe zweifellos ihre ungeschriebenen Gesetze übertreten und sei dafür zum Tode verurteilt worden. Zum Schluß ermahnte der Artikelschreiber die Regierung, die Ausländer in England schärfer zu überwachen. Der *Standard* führte aus, daß derartige Verbrechen gewöhnlich unter einer liberalen Regierung verübt würden. Das käme von dem unbotmäßigen Sinn der Massen und der Untergrabung jeglicher Autorität. Der Ermordete sei ein Amerikaner, der seit einigen Wochen in London gewohnt habe, und zwar in der Pension von Madame Charpentier, Torquay Terrace in Camberwell. Sein Begleiter, Mr. Joseph Stangerson, sei sein Privatsekretär gewesen. Die beiden hätten sich am Dienstag, den 4., von ihrer Wirtin verabschiedet und seien zum Bahnhof Euston gefahren, um den Schnellzug nach Liverpool zu nehmen. Später seien sie noch zusammen auf dem Bahnsteig gesehen worden. Dann habe man nichts mehr von ihnen gehört, bis Drebbers Leiche in einem leeren Haus in der Brixton Road, mehrere Meilen von Euston entfernt, gefunden wurde. Wie er dorthin gekommen sei und sein Ende gefunden habe, seien noch ungeklärte Fragen. Von Stangerson wisse man bisher nichts. Glücklicherweise seien Lestrade und Gregson von Scotland Yard mit der Lösung des Falles beauftragt, und es werde zuversichtlich erwartet, daß diese bestbekannten Beamten rasch Licht in die dunkle Affäre bringen würden.

Die *Daily News* erklärte, daß es sich zweifellos um ein politisches Verbrechen handle. Durch ihren Despotismus und ihren Haß gegen den Liberalismus trieben die Regierungen des Kontinents eine Anzahl Menschen in unser Land, die ausgezeichnete Bürger geworden wären, wenn sie nicht durch die Erinnerungen an ihre Leiden verbittert wären. Unter jenen Menschen herrsche ein strenger Ehrenkodex, dessen Verletzung mit dem Tod geahndet werde. Es müßte alles unternommen werden, um den Sekretär Stangerson ausfindig zu machen, um von ihm nähere Angaben über den Toten zu erhalten. Es sei schon ein großer Schritt vorwärts durch die Entdeckung der Pension des Ermordeten gemacht worden, was ausschließlich der Energie und dem Scharfsinn von Mr. Gregson von Scotland Yard zu verdanken sei.

Holmes und ich lasen gemeinsam diese Berichte beim Frühstück – er schien sich offensichtlich sehr darüber zu amüsieren.

»Ich habe Ihnen doch gesagt, daß, was auch passiert, Lestrade und Gregson bestimmt die Ehren einheimsen würden.«

»Das hängt noch sehr von dem Ausgang der Geschichte ab.«

»Ach, das spielt doch gar keine Rolle. Wenn der Mann geschnappt wird, so wird das ihren Anstrengungen zugeschrieben, wenn er entkommt, dann trotz ihrer Anstrengungen – es ist gehupft wie gesprungen. Was sie auch tun, sie werden stets Anerkennung finden: *Un sot trouve toujours un plus sot qui l'admire.*«

»Was soll denn das? Was ist das für ein Krach?« sagte ich, denn in dem Augenblick ertönten unten im Hausflur und auf der Treppe das Klappern zahlreicher Schritte und Entrüstungsrufe unserer Wirtin.

»Das ist meine Detektivmannschaft«, erklärte Holmes, ohne mit der Wimper zu zucken –, und schon stürmte ein halbes Dutzend unglaublich schmutziger Gassenjungen in das Zimmer.

»Achtung, stillgestanden!« rief Holmes scharf, und die

sechs kleinen Dreckspatzen standen in einer Reihe still. »In Zukunft kommt Wiggins allein, um Meldung zu erstatten, die übrigen warten auf der Straße . . . Hast du etwas gefunden, Wiggins?«
»Nein, Sir«, antwortete einer der Bengel.
»Das habe ich auch kaum erwartet. Aber ihr müßt weitermachen, bis ihr etwas gefunden habt. Hier ist euer Lohn.« Er drückte jedem einen Schilling in die Hand. »Also, fort mit euch, und bringt mir das nächste Mal eine bessere Meldung.«
Auf seinen Wink machten sie kehrt und rannten die Treppe hinunter. Gleich darauf hörten wir sie unten auf der Straße schreien.
»Mit einem dieser Bengel erzielt man bessere Resultate als mit einem Dutzend Polizisten«, erklärte Holmes. »Allein der Anblick eines beamtenmäßig aussehenden Menschen versiegelt alle Lippen. Diese Bengel jedoch gelangen überall hin und hören alles; sie sind mit allen Hunden gehetzt, man muß sie nur im Zaum halten.«
»Verwenden Sie Jungen in dem Brixton-Fall?« fragte ich.
»Ja, ich möchte über einen Punkt eine Aufklärung haben. Es ist lediglich eine Zeitfrage . . . ah, jetzt werden wir etwas Neues hören! Dort, auf der Straße, geht Gregson, das Gesicht von Glückseligkeit überstrahlt . . . Der kommt zu uns, das weiß ich . . . ja, vor unserer Tür macht er halt!«
An der Haustür wurde heftig geklingelt, dann stürmte der blonde Detektiv die Treppe herauf, drei Stufen auf einmal nehmend, und platzte in unser Wohnzimmer.
»Lieber Freund«, rief er, Holmes' widerstrebende Hand schüttelnd, »gratulieren Sie mir! Ich habe den Fall gelöst.«
Mir schien, als glitte ein Schatten über Holmes Gesicht.
»Sie glauben, daß Sie auf der richtigen Spur sind?«

fragte er.
»Die richtige Spur! Ha, wir haben den Mann hinter Schloß und Riegel!«
»Und wer ist es?«
»Arthur Charpentier, Leutnant der Königlichen Marine!« rief Gregson und warf sich, die fleischigen Hände reibend, in die Brust.
Holmes stieß einen Seufzer der Erleichterung aus und lächelte.
»Setzen Sie sich und nehmen Sie eine dieser Zigarren«, sagte er. »Wir platzen vor Neugierde – wie haben Sie das fertiggebracht? . . . Ein Whisky-Soda?«
»Ja, bitte«, antwortete der Detektiv. »Diese ungeheure Spannung der letzten zwei Tage hat mich stark mitgenommen. Es war weniger die körperliche Anstrengung, verstehen Sie, als die Nervenanspannung. Das werden Sie ja am besten verstehen, Mr. Holmes, denn wir beide sind ja Kopfarbeiter.«
»Das ist zuviel Ehre für mich«, erwiderte Holmes würdevoll. »Erzählen Sie uns jetzt, wie Sie dieses höchst erfreuliche Resultat erzielt haben.«
Der Detektiv lehnte sich im Sessel zurück und paffte selbstgefällig seine Zigarre. Plötzlich schlug er sich in einem Anfall von Freude auf die Schenkel.
»Und das Schönste ist«, rief er, »daß dieser Narr Lestrade, der sich für so gescheit hält, eine ganz falsche Spur verfolgt. Er ist hinter dem Sekretär Stangerson her, der an dem Mord so unschuldig ist wie ein neugeborenes Kind. Aber bestimmt wird er ihn jetzt aufgetrieben haben.«
Der Gedanke amüsierte Gregson derart, daß er vor Lachen fast erstickte.
»Und wie sind Sie auf die richtige Spur gekommen?« fragte ich.
»Ja, das will ich Ihnen genau erzählen, Doktor. Natürlich

muß das alles unter uns bleiben. Also, die erste Schwierigkeit, die wir zu überwinden hatten, bestand darin, etwas über das Vorleben dieses Amerikaners in Erfahrung zu bringen. Andere hätten gewartet, bis ihre Annoncen und Anfragen beantwortet werden. Aber so arbeitet Tobias Gregson nicht. Sie erinnern sich wohl noch an den Hut, der neben der Leiche lag?«

»Ja«, antwortete Holmes, »von John Underwood & Sons, Camberwell Road 129.«

Gregson sah enttäuscht aus.

»Das haben Sie auch bemerkt?« fragte er. »Sind Sie dort gewesen?«

»Nein.«

»So«, meinte Gregson erleichtert. »Sie sollten keine Chance außer acht lassen, so geringfügig sie auch zu sein scheint.«

»Für einen großen Geist gibt es keine Kleinigkeiten!« bemerkte Holmes salbungsvoll.

»Also, ich ging zu Underwood und fragte, ob er einen Hut von der und der Größe und so weiter vor kurzem verkauft habe. Er sah seine Bücher durch und fand es bald heraus: er hatte den Hut einem Mr. Drebber, wohnhaft Pension Charpentier in Torquay Terrace geschickt – so hatte ich die Adresse!«

»Höchst intelligent!« murmelte Holmes.

»Dann suchte ich Mrs. Charpentier auf«, fuhr der Detektiv fort. »Ich fand, sie sah sehr blaß und angegriffen aus. Ihre Tochter war ebenfalls da – ein ungemein hübsches Mädchen – auch sie hatte verweinte Augen, und ihre Lippen zitterten, als ich mit ihr sprach. Das fiel mir natürlich auf, und ich wurde mißtrauisch. Sie kennen ja das Gefühl, Mr. Holmes, wenn man auf die richtige Fährte kommt – es geht einem durch Mark und Bein. ›Haben Sie schon etwas von dem mysteriösen Tod Ihres Mieters, Mr. Enoch J. Drebber aus Cleveland, gehört?‹

fragte ich.
Die Mutter nickte. Sie schien nicht fähig, ein Wort hervorzubringen. Die Tochter brach in Tränen aus. Ich war nun sicher, daß diese beiden etwas über die Angelegenheit wußten.
›Wann verließ Mr. Drebber Ihr Haus, um zum Bahnhof zu gehen?‹ fragte ich weiter.
›Um acht Uhr‹, antwortete die Mutter und schluckte, um ihre Erregung niederzukämpfen. ›Sein Sekretär, Mr. Stangerson, sagte, es gäbe zwei Züge – einen um 9.15 Uhr und einen um 11 Uhr abends. Er wollte den ersten nehmen.‹
›Und seitdem haben Sie ihn nicht mehr gesehen?‹
Eine entsetzliche Veränderung ging auf dem Gesicht der Frau vor, als ich diese Frage stellte. Sie wurde totenblaß, und erst nach einigen Sekunden brachte sie ein einziges Wort hervor: ›Nein!‹ Das sagte sie mit dumpfer, gepreßter Stimme.
Einen Augenblick herrschte Schweigen. Dann sagte die Tochter ruhig und klar: ›Lügen hat keinen Zweck, Mutter. Wir wollen ganz offen sein: wir haben Mr. Drebber wiedergesehen!‹
›Gott verzeih dir!‹ rief Mrs. Charpentier die Hände ringend und sank in ihrem Sessel zurück. ›Du hast deinen Bruder ermordet.‹
›Arthur will bestimmt, daß wir die Wahrheit sagen‹, entgegnete das Mädchen unbeirrbar.
»Sie sollten mir nun alles sagen‹, sagte ich, ›Andeutungen sind schlimmer als Schweigen. Außerdem weiß die Polizei vielleicht schon mehr, als Sie ahnen.‹
›Dafür trägst du allein die Verantwortung, Alice!‹ sagte die Mutter und wandte sich dann mir zu. ›Ich will Ihnen alles sagen. Glauben Sie nur nicht, daß die Aufregung wegen meines Sohnes aus der Furcht entspringt, daß er etwas mit dieser entsetzlichen Geschichte zu tun hätte.

Er ist völlig unschuldig. Ich fürchte nur, daß er Ihnen und vielleicht auch anderen verdächtig erscheinen könnte, obwohl es eigentlich undenkbar ist – sein Charakter, sein Beruf, sein ganzes Leben bürgen für seine Unschuld.‹
›Am besten sagen Sie mir alles ganz offen‹, erwiderte ich. ›Sie können sich darauf verlassen, daß es Ihrem Sohn, wenn er unschuldig ist, nichts schaden wird.‹
›Laß uns bitte allein, Alice!‹ Die Tochter verließ das Zimmer. ›Also, ich wollte Ihnen das alles nicht sagen‹, fuhr sie fort, ›da aber meine Tochter gesprochen hat, bleibt mir nichts anderes übrig. Und da ich mich nun einmal zum Reden entschlossen habe, werde ich auch nichts verschweigen.‹
›Das ist das Beste, was Sie tun können‹, meinte ich.
›Mr. Drebber hat fast drei Wochen bei uns gewohnt. Er und sein Sekretär, Mr. Stangerson, hatten eine Reise zum Kontinent gemacht. Ich habe auf ihren Koffern Etiketten mit ›Kopenhagen‹ gesehen, das war also ihre letzte Station. Stangerson war ein ruhiger, zurückhaltender Mann, was ich von seinem Herrn leider nicht behaupten kann, der ein grober, roher Mensch war. Schon am Abend seiner Ankunft war er betrunken und benahm sich schlecht, und nach zwölf Uhr mittags konnte man ihn selten als nüchtern bezeichnen. Den Dienstmädchen gegenüber benahm er sich zudringlich und unanständig, und was am schlimmsten war, bald benahm er sich meiner Tochter gegenüber ähnlich. Einmal umarmte er sie sogar – eine Unverschämtheit, weswegen ihm sogar sein Sekretär Vorwürfe machte.‹
›Aber warum haben Sie sich das alles gefallen lassen?‹ fragte ich. ›Sie können doch einen Mieter loswerden, wann Sie wollen.‹
Sie wurde rot. ›Ich wünschte, ich hätte ihm schon am Tag seiner Ankunft gekündigt‹, sagte sie. ›Aber die

Versuchung war so groß. Sie zahlten jeder ein Pfund pro Tag – das sind vierzehn Pfund in der Woche, und jetzt ist tote Saison. Ich bin Witwe, und mein Junge in der Marine kostet mich viel. Ich wollte mir das Geld nicht entgehen lassen. Aber der letzte Auftritt war mir doch zuviel, und ich kündigte ihm sofort. Darum ging er auch fort.‹

›Und?‹

›Mir fiel ein Stein vom Herzen, als ich ihn davonfahren sah. Mein Sohn ist gerade auf Urlaub hier, ich hatte ihm aber von alldem nichts erzählt, da er jähzornig ist und seine Schwester sehr liebt. Aber die Freude dauerte nicht lange – nach einer Stunde klingelte es, und ich hörte, daß Mr. Drebber zurückgekommen war, er war sehr aufgeregt, offensichtlich war er stark betrunken. Er erzwang sich seinen Weg ins Zimmer, in dem ich mit meiner Tochter saß, und behauptete stammelnd, er habe den Zug verpaßt. Dann wandte er sich zu Alice und machte ihr unter meinen Augen den Vorschlag, mit ihm zu fliehen. ›Sie sind ja großjährig‹, sagte er zu ihr. ›Kein Gesetz kann Sie daran hindern. Ich habe Geld genug. Kümmern Sie sich nicht um die Alte hier, sondern kommen Sie mit mir. Sie werden wie eine Prinzessin leben.‹ Die arme Alice hatte solche Angst, daß sie vor ihm zurückwich, er aber versuchte, sie zur Tür zu ziehen. Ich schrie, und in dem Moment kam mein Sohn Arthur ins Zimmer. Was dann passierte, weiß ich nicht. Ich hörte die beiden brüllen und fluchen, hörte, wie sie miteinander rangen. Ich fürchtete mich zu sehr, um meinen Kopf zu heben. Als ich schließlich aufblickte, stand Arthur lachend in der Tür mit einem Stock in der Hand. ›Ich glaube nicht, daß dieser feine Herr uns nochmal belästigen wird‹, sagte er. ›Ich will jetzt hinter ihm hergehen und sehen, was er anstellt.‹ Dann nahm er seinen Hut und ging fort. Am nächsten Morgen lasen wir in der Zeitung, daß Mr. Drebber ermordet wurde.‹ Ich habe alles mitstenographiert, so daß kein Irrtum möglich ist.«

»Das ist ja sehr aufregend«, meinte Holmes gähnend. »Und dann?«

»Als sie zu Ende gesprochen hatte«, berichtete der Detektiv weiter, »sah ich, daß sich jetzt alles nur noch um einen Punkt drehte. Ich blickte sie in einer Art an, die ich im Umgang mit Frauen als sehr wirksam erprobt habe, und fragte sie, wann ihr Sohn nach Hause gekommen sei.

›Ich weiß es nicht‹, antwortete sie.

›Sie wissen es nicht?‹

›Nein, er hat einen Hausschlüssel, so daß er nicht klingeln muß.‹

›Und Sie gingen zu Bett?‹

›Ja.‹

›Wann?‹

›Gegen elf.‹

›Ihr Sohn war also wenigstens zwei Stunden fort?‹

›Ja.‹

›Vielleicht auch vier oder fünf Stunden?‹

›Ja.‹

›Was hat er während der ganzen Zeit getan?‹

›Ich weiß es nicht‹, antwortete sie und wurde weiß. Natürlich war mir klar, was ich zu tun hatte. Ich machte ausfindig, wo Charpentier war, nahm zwei Constables mit und verhaftete ihn. Als ich ihn auf die Schulter tippte und ihn aufforderte, ruhig mit uns zu kommen, erwiderte er stolz: ›Ich nehme an, daß Sie mich wegen des Todes dieses Lumpen Drebber verhaften.‹ Da wir ihm nichts davon gesagt hatten, klang diese Bemerkung höchst verdächtig.«

»Gewiß«, meinte Holmes.

»Er hatte noch immer den Spazierstock bei sich, den er

nach Aussagen seiner Mutter in der Hand gehalten hatte, als er Drebber nachging. Er ist aus Eichenholz.«
»Wie ist also Ihre Theorie?«
»Nun, ich glaube, daß er Drebber bis zur Brixton Road folgte. Dort entstand zwischen den beiden ein neuer Streit, in dessen Verlauf Drebber einen Schlag mit dem Stock erhielt, wahrscheinlich in die Magengrube, wodurch er getötet wurde, ohne ein äußeres Anzeichen zu hinterlassen. Da es in der Nacht so regnerisch war und sich kein Mensch auf der Straße befand, schleppte Charpentier die Leiche in das leere Haus. Was die Kerze anbelangt und die Blutlache und die Schrift an der Wand und den Ring, werden das alles Tricks sein, um die Polizei auf eine falsche Fährte zu bringen.«
»Sehr schön!« bemerkte Holmes ermunternd. »Wirklich, Gregson, Sie machen sich, Sie werden es noch zu etwas bringen.«
»Ich schmeichle mir, daß ich das sehr gut gemacht habe«, entgegnete stolz der Detektiv. »Der junge Mann sagte aus, daß Drebber ihn, nachdem er ihm einige Zeit gefolgt war, bemerkt und eine Droschke genommen habe, um ihm zu entkommen. Auf dem Heimweg habe er, Charpentier, einen alten Schiffskameraden getroffen und einen langen Spaziergang mit ihm gemacht. Als wir ihn nach der Adresse dieses alten Kameraden fragten, konnte er keine befriedigende Antwort geben. Ich glaube, der Fall ist nun klar. Am meisten amüsiert mich der Gedanke, daß Lestrade auf einer ganz falschen Spur ist. Ich fürchte, er wird nicht weit kommen . . . Mein Gott, da ist er ja!«
Es war wirklich Lestrade, der während unserer Unterhaltung die Treppe heraufgekommen war und jetzt ins Zimmer trat. Die Sicherheit und Forschheit, die im allgemeinen sein Auftreten charakterisieren, ließen diesmal zu wünschen übrig. Er sah verstört aus und

seine sonst so korrekte Kleidung mitgenommen. Offensichtlich wollte er Holmes konsultieren, denn als er seinen Kollegen sah, schien er verlegen. Er blieb mitten im Zimmer stehen, fingerte nervös an seinem Hut herum und wußte nicht, was er tun sollte. »Das ist ein höchst merkwürdiger Fall«, sagte er schließlich, »eine ganz unverständliche Angelegenheit.«
»Ach, was Sie nicht sagen, Mr. Lestrade!« sagte Gregson triumphierend. »Ich dachte mir schon, daß Sie zu dieser Erkenntnis kommen würden. Ist es Ihnen nun gelungen, den Sekretär, Mr. Joseph Stangerson, zu finden?«
»Der Sekretär, Mr. Joseph Stangerson«, erwiderte Lestrade ernst, »wurde heute morgen gegen sechs Uhr im Hotel *Hallyday* ermordet.«

7

Die Nachricht, die uns Lestrade gebracht hatte, war so überraschend, daß wir alle drei zunächst sprachlos waren. Ich starrte Holmes schweigend an, der die Lippen zusammenpreßte und die Stirn runzelte.
»Stangerson auch!« murmelte er. »Der Fall wird immer verwickelter.«
»Er war schon vorher verwickelt genug«, knurrte Lestrade und zog einen Sessel zu sich heran. »Ich scheine in eine Art Kriegsrat geplatzt zu sein?«
»Sind Sie ... sind Sie ganz sicher, daß die Nachricht stimmt?« stotterte Gregson.
»Ich habe die Leiche entdeckt«, antwortete Lestrade.
»Wir haben soeben Gregsons Theorie gehört«, sagte Holmes. »Würden Sie uns bitte berichten, was Sie gesehen und getan haben?«
»Warum nicht?« entgegnete Lestrade. »Ich muß geste-

hen, daß ich der Ansicht war, Stangerson sei in die Ermordung Drebbers verwickelt. Diese neue Wendung hat nun gezeigt, daß ich völlig auf dem Holzweg war. Da ich in diese Idee verrannt war, wollte ich ausfindig machen, was aus dem Sekretär geworden ist. Die beiden waren am Abend des 3. gegen halb neun noch zusammen im Bahnhof Euston gesehen worden. Um zwei Uhr morgens war Drebbers Leiche in einem Haus in der Brixton Road gefunden worden. Es stellte sich mir nun die Frage, was Stangerson zwischen halb neun Uhr abends und der Zeit des Mordes getan hatte und was nachher aus ihm geworden war. Ich telegrafierte nach Liverpool, gab die Personalien des Mannes an und bat, die Schiffe nach Amerika zu überwachen. Dann ließ ich in allen Hotels und Pensionen in der Gegend des Bahnhofes Euston Nachforschungen anstellen. Ich sagte mir nämlich, daß Stangerson, nachdem er sich von Drebber getrennt hatte, am wahrscheinlichsten in der Gegend des Bahnhofs übernachten und sich am nächsten Morgen wieder am Bahnhof aufhalten würde.«
»Es war anzunehmen, daß die beiden für den nächsten Morgen ein Treffen vereinbart hatten«, bemerkte Holmes.
»So war es. Ich stellte den ganzen gestrigen Abend Nachforschungen an, aber ohne Erfolg. Heute morgen kam ich gegen acht Uhr zum Hotel *Hallyday* in der Little George Street. Meine Frage, ob dort ein Mr. Stangerson abgestiegen sei, wurde bejaht.
›Sie sind wohl der Gentleman, den er erwartet‹, sagte der Portier. ›Er wartet schon seit zwei Tagen.‹
›Wo ist er?‹ fragte ich.
›In seinem Zimmer. Er wollte um neun Uhr geweckt werden.‹
›Ich gehe sofort zu ihm.‹
Ich wollte ihn durch mein plötzliches Auftauchen über-

raschen. Der Hausdiener zeigte mir sein Zimmer im zweiten Stock, das an einem schmalen Gang liegt, und wollte gerade wieder die Treppe hinuntergehen, als ich etwas sah, wovon mir trotz meiner zwanzigjährigen Dienstzeit übel wurde. Durch die Tür floß ein dünnes rotes Rinnsal, das sich quer über den Gang schlängelte und an der gegenüberliegenden Wand eine kleine Lache bildete. Ich stieß einen Schrei aus, worauf der Mann zurückkam und fast in Ohnmacht fiel, als er das Blut sah. Die Tür war von innen verschlossen, aber wir drückten sie ein. Das Fenster stand offen, und neben dem Fenster lag zusammengekrümmt die Leiche eines Mannes im Nachthemd. Er war schon einige Zeit tot, denn seine Glieder waren steif und kalt. Als wir ihn auf den Rücken legten, erkannte ihn der Hausdiener sofort als den Herrn, der das Zimmer unter dem Namen Joseph Stangerson gemietet hatte. In der linken Brust klaffte eine tiefe Dolchwunde, das Herz mußte getroffen worden sein. Und jetzt kommt das Seltsamste . . . Was glauben Sie, was ich nun sah?«

Mir lief es kalt über den Rücken, noch bevor Holmes antwortete: »Das Wort RACHE mit Blut an die Wand geschrieben!«

»Ja«, flüsterte Lestrade mit bebender Stimme. Wir alle schwiegen.

»Der Mann war gesehen worden«, fuhr Lestrade fort. »Ein Milchjunge, der zur Hotelküche ging, sah an der Rückseite des Hotels eine Leiter, die gewöhnlich im Hof lag, an einem offenen Fenster des zweiten Stockes lehnen. Nachdem er vorbeigegangen war, schaute er sich um und sah einen Mann die Leiter heruntersteigen – so ruhig und unbefangen, daß der Junge glaubte, es handle sich um einen Arbeiter, der etwas im Hotel auszubessern hatte. Er glaubt, daß der Mann groß war, ein rötliches Gesicht hatte und einen langen braunen

Mantel trug. Der Kerl muß nach dem Mord eine Weile im Zimmer geblieben sein, denn wir fanden in der Waschschüssel blutgetränktes Wasser; er hatte sich die Hände gewaschen. In den Leintüchern, an denen er den Dolch abgewischt hatte, befanden sich Blutspuren.«

Obwohl diese Beschreibung des Mörders genau Holmes' bisherigen Angaben entsprach, konnte ich keine Spur von Genugtuung oder Triumph auf seinem Gesicht entdecken.

»Fanden Sie im Zimmer nichts, was einen Hinweis auf den Mörder geben könnte?« erkundigte er sich.

»Nichts. Stangerson hatte Drebbers Brieftasche bei sich, doch das scheint nicht ungewöhnlich zu sein, da er stets zu zahlen pflegte. Es waren ungefähr achtzig Pfund darin, die unberührt geblieben waren. Bestimmt handelt es sich auch diesmal nicht um einen Raubmord. In den Taschen des Ermordeten waren auch keine Briefe, nur ein Telegramm, vor ungefähr einem Monat in Cleveland aufgegeben, mit dem Inhalt: ›J. H. ist in Europa.‹ Es trug keine Unterschrift.«

»Und sonst nichts?« fragte Holmes weiter.

»Nichts von Bedeutung. Ein Roman, den der Mann vor dem Einschlafen gelesen hatte, lag auf dem Bett und seine Pfeife auf einem Stuhl daneben. Auf dem Tisch stand ein Glas Wasser und auf der Fensterbank ein Schächtelchen mit zwei Pillen.«

Holmes sagte triumphierend: »Das letzte Glied! Der Fall ist klar!«

Die zwei Detektive starrten ihn erstaunt an.

»Ich habe nun alle Fäden, die so verwirrt zu sein schienen, in der Hand«, erklärte mein Freund zuversichtlich. »Natürlich sind noch einige Kleinigkeiten zu klären, doch ich bin mir in der großen Linie über den Gang der Ereignisse im klaren, so, als hätte ich alles mit eigenen Augen gesehen. Ich werde es Ihnen sogleich

beweisen. Haben Sie die Pillen?«
»Hier sind sie.« Lestrade zog ein weißes Schächtelchen aus der Tasche. »Ich nahm sie mit der Brieftasche und dem Telegramm an mich, um alles der Polizei zu übergeben. Es ist ein Zufall, daß ich auch die Pillen nahm, denn ich muß sagen, daß ich sie für unwichtig halte.«
»Geben Sie sie mir, bitte«, sagte Holmes und wandte sich dann an mich. »Doktor, sind das gewöhnliche Pillen?«
Das war keineswegs der Fall; es waren kleine, runde, perlgraue Pillen, fast durchsichtig, wenn man sie gegen das Licht hielt. »Leicht und durchsichtig wie sie sind, glaube ich, daß sie in Wasser lösbar sind«, erklärte ich.
»Richtig!« bemerkte Holmes. »Würden Sie jetzt bitte runtergehen und den armen kleinen Terrier holen, der schon so lange krank ist, und den die Wirtin schon gestern von seinen Schmerzen erlösen wollte.«
Ich ging hinunter und brachte den Hund in meinen Armen zurück. Er atmete schwer, seine Augen waren glasig, Schaum trat aus dem Maul – er war offensichtlich dem Ende nahe. Ich legte ihn auf den Teppich.
»Ich werde jetzt eine der Pillen teilen«, erklärte Holmes, zog sein Messer aus der Tasche und tat es. »Die eine Hälfte legen wir in die Schachtel zurück, die andere lege ich in dieses Weinglas mit Wasser . . . Sie bemerken, daß unser Freund, der Doktor, recht hat – sie löst sich leicht auf.«
»Das mag ja sehr interessant sein«, sagte Lestrade im beleidigten Ton eines Mannes, der glaubt, daß man sich über ihn lustig machen will. »Ich verstehe aber nicht, was das mit Stangersons Tod zu tun haben soll.«
»Geduld, mein Freund, Geduld! Sie werden gleich sehen, daß es unendlich viel damit zu tun hat. Jetzt füge ich noch etwas Milch zu der Lösung, werde das Getränk dem Hund geben, und Sie werden sehen, daß er es

aufleckt.«
Die Flüssigkeit, die er in eine Untertasse gegossen hatte, wurde von dem Hund gierig aufgeleckt. Wir alle saßen schweigend da, beobachteten gespannt das Tier und warteten auf eine überraschende Wirkung. Aber nichts ereignete sich: der Hund lag weiter ausgestreckt auf dem Teppich, atmete schwer, doch offensichtlich hatte das Getränk seinen Zustand in keiner Weise verändert.
Holmes hatte seine Uhr hervorgezogen, und da sich von Minute zu Minute nichts ereignete, drückte sich tiefe Enttäuschung auf seinem Gesicht aus. Er biß sich auf die Lippen, trommelte mit den Fingern auf den Tisch und gab ausgesprochene Zeichen von Ungeduld von sich. Er tat mir leid, die beiden Detektive lächelten höhnisch, augenscheinlich schadenfroh über diesen Mißerfolg.
»Das kann kein Irrtum sein!« sagte er schließlich, stand auf und lief im Zimmer auf und ab. »Es ist ausgeschlossen, daß ich mich geirrt habe. Die Pillen, auf die ich Drebbers Tod zurückführte, wurden schließlich nach Stangersons Tod gefunden. Und doch sind sie wirkungslos! Was kann das bedeuten? Meine ganze Beweiskette kann nicht falsch sein – das ist unmöglich! Und doch geht es diesem verdammten Köter nicht schlechter . . . Ah, ich hab's! Ich hab's!« Mit einem Triumphgeschei stürzte er sich auf die Schachtel, schnitt die andere Pille entzwei, löste sie in Wasser auf, fügte Milch hinzu und stellte das Getränk vor den Hund. Das arme Tier hatte kaum einige Male die Zunge hineingetunkt, als es an allen Gliedern krampfhaft zuckte und dann so steif und leblos dalag, als sei es vom Blitz getroffen.
Holmes atmete erleichtert auf und wischte sich den Schweiß von der Stirn. »Ich hätte mehr Vertrauen zu mir haben sollen«, erklärte er schließlich. »Ich hätte wissen sollen, daß eine Tatsache, die eine lange Beweiskette

unterbricht, schließlich durch eine andere Auslegung widerlegt wird. Die eine der beiden Pillen in der Schachtel enthielt tödliches Gift, und die andere war völlig harmlos. Das hätte ich wissen sollen, bevor mir die Schachtel überhaupt unter die Augen kam.«

Diese letzte Behauptung kam mir so unglaublich vor, daß ich ihn für nicht recht bei Trost hielt. Doch der tote Hund lag da und bewies die Richtigkeit seiner Beweisführung. Allmählich dämmerte es mir, und ich begann die Zusammenhänge zu ahnen.

»Das alles wird Ihnen merkwürdig vorkommen«, fuhr Holmes fort, »weil Sie zu Beginn der Untersuchung nicht den einzig richtigen Schlüssel entdeckt haben. Ich hatte jedoch das Glück, es zu tun, und alles, was seitdem geschah, bestätigte nur meine ursprüngliche Vermutung, alles war nur die logische Folge. Die Dinge, die Sie überraschten und Ihnen den Fall noch rätselhafter erscheinen ließen, dienten nur dazu, mir die Angelegenheit klarer zu machen und meine Annahmen zu bestätigen. Es ist ein Fehler, Seltsamkeiten mit Geheimnis zu verwechseln. Oft ist ein alltägliches Verbrechen das rätselhafteste, weil es keine neuen oder besonderen Merkmale aufweist, auf Grund derer man Schlüsse ziehen könnte. Es wäre unendlich schwieriger gewesen, diesen Mordfall zu klären, wenn man die Leiche einfach auf der Straße liegend vorgefunden hätte, ohne die merkwürdigen Begleitumstände, die den Fall so rätselhaft erscheinen lassen. Diese sonderbaren Details haben jedoch den Fall nicht schwieriger gemacht, sondern im Gegenteil seine Aufklärung erleichtert.«

Gregson, der diesen Ausführungen reichlich ungeduldig zugehört hatte, konnte sich nun nicht mehr zurückhalten: »Hören Sie, Mr. Holmes, wir erkennen alle gerne an, daß Sie ein intelligenter Mensch sind und daß Sie Ihre eigenen Arbeitsmethoden haben. Jetzt wollen wir jedoch etwas mehr als Theorien und Vorträge hören. Jetzt handelt es sich darum, den Mörder zu fassen! Ich habe meine Theorie erklärt, und anscheinend habe ich mich geirrt – der junge Charpentier kann unmöglich in den zweiten Mord verwickelt sein. Lestrade war hinter seinem Mann her, hinter Stangerson, und auch er scheint sich geirrt zu haben. Sie machen nur Andeutungen und scheinen nicht mehr zu wissen als wir, aber wir glauben, daß wir das Recht haben, Sie zu fragen, was Sie wissen. Können Sie uns den Namen des Mörders nennen?«

»Ich muß Gregson recht geben«, erklärte nun Lestrade. »Wir haben uns beide um die Klärung des Falles bemüht, und sie ist uns nicht gelungen. Seitdem ich hier bin, haben Sie schon ein paarmal gesagt, daß Sie nun alle Beweise beieinander hätten. Sie werden sie uns wohl bestimmt nicht mehr länger vorenthalten.«

»Und je länger man den Mörder auf freiem Fuß läßt, um so mehr Gelegenheit hat er, noch andere Untaten zu begehen«, bemerkte ich.

Von uns allen bedrängt, zeigte sich Holmes unentschlossen. Mit gesenktem Kopf und gerunzelter Stirn ging er weiter im Zimmer auf und ab, wie üblich, wenn er in Gedanken versunken war.

»Es wird keine weiteren Morde geben«, sagte er schließlich und blieb stehen. »Darauf können Sie sich verlassen. Sie haben mich gefragt, ob ich den Namen des Mörders weiß – ja, ich weiß ihn. Aber nur seinen Namen zu wissen, ist wenig im Vergleich dazu, daß wir ihn fassen. Ich habe berechtigte Hoffnung, daß das dank meinen Vorkehrungen bald geschehen wird. Doch die Festnahme muß mit aller Vorsicht geschehen, denn wir haben es mit einem höchst intelligenten, zum Äußersten entschlossenen Menschen zu tun, der zudem, wie ich feststellen konnte, von einem ebenso intelligenten

Komplizen unterstützt wird. Solange der Mann nicht ahnt, daß wir ihm auf der Spur sind, besteht die Möglichkeit, ihn zu fassen. Aber wenn er den leisesten Verdacht hegt, würde er sofort seinen Namen wechseln und unter den vier Millionen Einwohnern unserer Riesenstadt untertauchen. Ohne Ihre Gefühle kränken zu wollen, muß ich sagen, daß diese Männer zu gerissen für die Polizei sind, und daher habe ich Sie nicht um Ihre Hilfe gebeten. Sollte ich jedoch einen Fehlschlag erleiden, bin ich bereit, die ganze Verantwortung dafür zu übernehmen. Vorläufig verspreche ich Ihnen, daß ich Ihnen eine Nachricht zukommen lasse, sobald mein Plan nicht mehr gefährdet werden kann.«

Gregson und Lestrade waren offensichtlich von seinen Versprechungen und von seiner abschätzigen Bemerkung über die Polizei nicht sehr begeistert. Gregson wurde rot bis zu den Wurzeln seines blonden Haars, und die hervorquellenden Augen des anderen funkelten vor Erwartung und Ärger. Die beiden hatten jedoch keine Gelegenheit, etwas zu erwidern, denn es klopfte an der Tür, und die kleine schmutzige Gestalt von Wiggins, dem Anführer der Holmes'schen »Detektivmannschaft«, stand im Türrahmen.

Stramm salutierend meldete er: »Sir, die Droschke steht vor der Tür.«

»Gentlemen«, sagte Holmes sanft, »warum führen Sie eigentlich dieses Modell nicht in Scotland Yard ein?« Er nahm ein Paar Handschellen aus der Schreibtischschublade. »Sehen Sie mal, wie fabelhaft die Federn funktionieren – sie schnappen sofort zu.«

»Das alte Modell wäre gut genug, wenn wir nur den Mann hätten, dem wir sie anlegen könnten«, entgegnete Lestrade.

»Schön, sehr schön!« entgegnete Holmes lächelnd. »Der Kutscher soll mir helfen, die Kisten hinunterzubringen.

Ruf ihn, Wiggins!«

Ich war überrascht, mein Freund hatte kein Wort davon gesagt, daß er eine Reise unternehmen wollte. Im Zimmer stand ein kleiner Koffer, den er nun aufklappte und darin herumkramte, als der Kutscher ins Zimmer trat.

»Helfen Sie mir doch, bitte, Kutscher!« sagte Holmes, über den Koffer gebeugt, ohne den Kopf zu wenden.

Der Mann trat mit einem mürrischen, trotzigen Ausdruck hinzu und streckte die Hände aus um zu helfen. In dem Augenblick ertönte ein scharfes metallisches Klirren . . . Holmes sprang hoch.

»Gentlemen«, rief er und seine Augen blitzten, »darf ich Ihnen Mr. Jefferson Hope vorstellen, den Mörder von Enoch Drebber und Joseph Stangerson!«

Das Ganze hatte sich im Bruchteil einer Sekunde abgespielt – so rasch, daß ich es kaum erfassen konnte. Aber nie werde ich diesen Augenblick vergessen: Holmes' triumphierender Ausdruck, der Klang seiner Stimme, das verblüffte, wilde Gesicht des Kutschers, der die glitzernden Handschellen anstarrte, die wie durch ein Zauberkunststück seine Hände fesselten. Ein, zwei Sekunden standen wir wie zu Stein erstarrt. Dann machte sich der Mann mit unartikuliertem Wutgeheul von Holmes frei und stürzte zum Fenster, Rahmen und Scheiben krachten in tausend Splitter, doch bevor er sich auf die Straße werfen konnte, stürzten sich Gregson, Lestrade und Holmes wie Jagdhunde auf ihn . . . er wurde ins Zimmer zurückgezogen, und dann entspann sich ein fürchterliches Ringen. Er war so stark und so wild, daß er uns vier immer wieder abschüttelte. Er schien die übermenschliche Kraft eines Wahnsinnigen zu haben. Sein Gesicht und seine Hände waren durch die Scheiben völlig zerschnitten, doch der Blutverlust verminderte seine Widerstandskraft nicht. Erst als es Lestrade gelang, ihn am Hals zu fassen und halb zu erwürgen, sah er ein, daß weiterer Widerstand nutzlos war. Wir fühlten uns aber erst sicher, als wir auch seine Füße gefesselt hatten. Danach richteten wir uns atemlos und keuchend auf.

»Wir haben seine Droschke«, sagte Holmes. »Darin können wir ihn zu Scotland Yard bringen. Und jetzt, Gentlemen«, fuhr er lächelnd fort, »haben wir die Lösung unseres kleinen Rätsels. Sie können mich nun fragen, was Sie wollen, ich werde Ihnen die gewünschte Auskunft nicht schuldig bleiben.«

Zweiter Teil

1

In der Mitte des riesigen nordamerikanischen Kontinentes liegt eine schreckenerregende Wüste, die lange Jahre hindurch einen Wall gegen den Vormarsch der Zivilisation bildete. Von der Sierra Nevada bis nach Nebraska, vom Yellowstone River im Norden bis zum Colorado im Süden erstreckt sich eine in Todesschweigen daliegende Einöde. Aber selbst hier zeigt die Natur keine Einförmigkeit: hohe schneebedeckte Berge wechseln mit düsteren Tälern ab, reißende Flüsse stürzen durch zerklüftete Schluchten, endlose Ebenen, im Winter in riesige Schneefelder verwandelt, werden im Sommer von einer grauen salzigen Schicht bedeckt – welche Jahreszeit es auch immer sein mag, nie verliert die Gegend ihren trostlosen, kahlen Charakter.
Dieses Land des Grauens ist menschenleer. Vereinzelte Scharen von Pawnee- und Schwarzfuß-Indianern durchstreifen es zuweilen, um andere Jagdgründe aufzusuchen, doch selbst die tapfersten Krieger sind froh, wenn sie diese fürchterlichen Ebenen hinter sich haben und wieder in ihren Prärien umherstreifen können. Der Steppenwolf lauert im Gebüsch, der Bussard schwingt sich elegant durch die Lüfte, der mächtige Grizzly durchstreift die düstern Schluchten und sucht sich zwischen den Felsen seine karge Nahrung – das sind die einzigen Bewohner dieser Wildnis.
In der ganzen Welt findet man wohl keinen traurigeren Anblick als den von den Nordhängen der Sierra Blanca aus: Soweit das Auge reicht, erstreckt sich die riesige Einöde. Von Salzstaub bedeckt, steht hier und da ein

verkümmertes Dorngebüsch, am Horizont zieht sich eine Gebirgskette hin, deren zerklüftete Gipfel von Schnee gekrönt sind. Kein Lebewesen ist zu sehen, kein Laut unterbricht die Stille, totes Schweigen rings umher. Und doch sieht man von der Sierra Blanca aus, daß sich ein Weg durch die Wüste zieht und sich in der endlosen Ferne verliert. Zahllose Wagen haben ihre Spuren hinterlassen, die Füße zahlloser Abenteurer haben den Boden zertrampelt. Vereinzelt glitzern weiße Gegenstände in der Sonne – es sind Knochen: einige groß und klobig, andere kleiner und dünner; die erstgenannten sind die Gebeine von Zugochsen, die andern von Menschen. Über zweitausend Kilometer kann man diese schauerliche Karawanenstraße an den Überresten derer, die am Weg geblieben sind, erkennen.

Am 4. Mai 1847 stand auf der Spitze eines kleinen Felshügels ein einsamer Wanderer und blickte in die endlose Ferne. Es war schwer zu sagen, ob der Mann ein Vierzigjähriger oder ein Sechzigjähriger war. Sein eingefallenes, hageres Gesicht, die braune Pergamenthaut, die sich über den vorstehenden Backenknochen spannte, sein langes, graumeliertes Haar und der Bart ließen auf einen Greis schließen; seine tief eingesunkenen Augen funkelten in unnatürlichem Glanz, die Hand, die das Gewehr umklammerte, war knochig. Obwohl er sich auf seine Waffe stützte und seine Kleider um seinen Leib schlotterten, ließ seine große breite Gestalt auf eine starke Konstitution schließen. Aber Hunger und Durst hatten ihn ausgezehrt.

Mühselig hatte er sich die Schlucht hinuntergeschleppt und den Hügel hinauf, in der vergeblichen Hoffnung, Wasser zu entdecken. Doch es erstreckte sich nur die riesige Salzebene vor ihm, und am Horizont die ferne Gebirgskette – kein Baum, kein Strauch, nichts ließ auf eine Spur von Wasser schließen. Nach Norden und

Osten, nach Westen und Süden ließ er wild, verzweifelt die Blicke schweifen, und dann war er sich klar, daß seine Wanderung zu Ende sei, daß er dort, auf diesem öden Fleck, seinen Tod erwarten müsse. »Warum nicht hier, statt zwanzig Jahre später in einem Federbett«, murmelte er vor sich hin und setzte sich im Schatten eines großen Felsens nieder.

Doch vorher hatte er das nutzlose Gewehr auf den Boden gelegt und ebenso ein großes, in graues Tuch gehülltes Bündel, das er über der rechten Schulter getragen hatte. Die Last war anscheinend zu schwer für ihn gewesen, denn als er sie von den Schultern nahm, fiel sie unsanft zur Erde – ein leiser Schmerzenslaut erklang, und ein kleines, verängstigtes Gesicht mit glänzenden braunen Augen schaute aus dem Bündel hervor.

»Du hast mir wehgetan«, ertönte vorwurfsvoll eine Kinderstimme.

»Das tut mir leid, das habe ich nicht mit Absicht getan«, antwortete der Mann bedauernd, knüpfte das graue Tuch auseinander und zog ein niedliches Mädchen von etwa fünf Jahren hervor, das zierliche Schühchen, ein hübsches rosafarbenes Kleidchen und eine kleine weiße Schürze trug – alles so ordentlich, daß es auf mütterliche Sorgfalt schließen ließ. Das Kind war zwar blaß und elend, aber die Rundungen seiner Ärmchen und Beinchen zeigten, daß es weniger Mangel als sein Beschützer gelitten hatte.

»Tut es noch immer weh?« fragte er besorgt und streichelte die goldenen Locken.

»Gib mir einen Kuß drauf, dann wird es wieder heil«, sagte die Kleine. »Das tut Mutter immer . . . wo ist denn Mutter?«

»Die Mutter ist fort. Du wirst sie aber bald wiedersehen, glaube ich.«

»Fort?« sagte die Kleine. »Seltsam, daß sie nicht adieu

gesagt hat. Das hat sie immer getan, auch wenn sie nur zu den Tanten zum Tee gegangen ist. Und jetzt ist sie schon drei Tage fort. Hör mal, ich habe so Durst. Gibt's kein Wasser und nichts zu essen?«

»Nein, mein Liebling. Es gibt nichts. Du mußt nur ein bißchen Geduld haben, und dann wird alles gut werden. Leg dein Köpfchen auf meinen Schoß, dann liegst du besser. Mir klebt zwar die Zunge am Gaumen, aber ich muß dir noch sagen, was geschehen ist . . . Was hast du denn da?«

»Was Hübsches! Wie schön!« rief die Kleine begeistert und zeigte zwei glitzernde Glimmerschiefer. »Wenn wir nach Hause kommen, gebe ich sie meinem Bruder Bob.«

»Du wirst bald noch viel schönere Sachen sehen«, sagte der Mann zuversichtlich. »Warte nur ein bißchen. Also, ich wollte dir was erzählen – du erinnerst dich doch noch, daß wir vom Fluß fortgingen?«

»Ja.«

»Also, wir hatten gedacht, wir würden bald zu einem anderen Fluß kommen. Aber irgend etwas stimmte nicht: der Kompaß oder die Landkarte oder sonst was. Jedenfalls sind wir nicht zu dem Fluß gekommen. Das Wasser ging aus, bis auf einige Tropfen für dich und . . . und . . .«

»Und du konntest dich nicht waschen«, unterbrach ihn die Kleine ernst und starrte in sein trostloses Gesicht.

»Nein, auch nicht trinken. Mr. Bender war der erste, der sterben mußte, dann der Indianer-Peter, dann Mrs. MacGregor und dann Johnny Hones und dann, Liebling, deine Mutter.«

»Dann ist Mutter auch tot«, rief das kleine Mädchen und schluchzte bitterlich.

»Ja, alle sind tot außer dir und mir. Ich hoffte, daß ich hier in der Richtung vielleicht etwas Wasser finden würde, und so habe ich dich auf die Schulter genommen und bin hierhermarschiert. Aber es sieht nicht so aus,

als hätte sich etwas gebessert – es gibt kaum mehr eine Chance für uns!«
»Du meinst, daß wir auch sterben?« fragte das Kind, hörte auf zu schluchzen und hob sein tränenüberströmtes Gesicht.
»Ich glaube, das wird so sein.«
»Warum hast du denn das nicht gleich gesagt?« rief die Kleine, nun fröhlich lachend. »Du hast mir solche Angst gemacht. Wenn wir sterben, sind wir ja wieder bei Mutter.«
»Ja, mein Liebling.«
»Und ich werde ihr erzählen, wie gut du zu mir gewesen bist. Sie wird sicher am Himmelstor stehen und uns empfangen, mit einer großen Kanne Wasser und vielen heißen Buchweizenkuchen, auf beiden Seiten gebakken, so wie Bob und ich sie so gern gegessen haben. Wie lang wird es noch dauern?«
»Ich weiß nicht – nicht mehr lange.« Der Mann richtete die Augen zum nördlichen Horizont! Am blauen Himmel waren drei kleine Flecken aufgetaucht, die sich von Sekunde zu Sekunde vergrößerten. Bald entpuppten sie sich als drei große braune Vögel, die über den Köpfen der beiden kreisten und sich schließlich auf den Felsen über ihnen niederließen. Es waren Bussarde, die Geier des Westens, die Vorboten des Todes.
»Hühner und Hähne!« rief das kleine Mädchen fröhlich und deutete auf die unheilkündenden Tiere; dann klatschte es in die Hände, um sie zum Fliegen zu veranlassen. »Sag, hat der liebe Gott auch das Land hier gemacht?«
»Natürlich hat er das getan«, antwortete der Mann, erstaunt über diese unerwartete Frage.
»Er hat das Land unten in Illinois gemacht, und er hat den Missouri gemacht«, fuhr das Kind fort. »Aber ich glaube, jemand anders muß das Land hier gemacht

haben. Das ist gar nicht so gut gemacht, der hat das Wasser vergessen und die Bäume.«

»Willst du jetzt nicht beten?« fragte der Mann mit trostloser Stimme.

»Es ist ja noch nicht Abend«, entgegnete sie.

»Das macht nichts. Es ist außer der Reihe, aber Er wird nichts dagegen haben, darauf kannst du dich verlassen. Du betest das eine Gebet, das du jeden Abend im Wagen gebetet hast, als wir durch die Prärie gefahren sind.«

»Warum betest du denn nicht?« fragte das Kind und sah ihn mit erstaunten Augen an.

»Ich habe es verlernt. Ich habe nicht mehr gebetet, seit ich halb so groß war wie das Gewehr hier. Aber es wird nicht zu spät sein. Du betest, und ich sprech die Worte nach.«

»Dann müssen wir aber niederknien«, erklärte sie und breitete zu dem Zweck das Tuch auf den Boden. »Schau, du mußt die Hände so falten, dann fühlst du dich besser.«

Es war ein seltsamer Anblick: die betende Kleine und der wettergegerbte, abgezehrte Abenteurer, die nebeneinander auf dem kleinen Tuch knieten. Ihr unschuldiges Gesicht und sein abgezehrtes knochiges Antlitz richteten sich zum wolkenlosen Himmel empor, die beiden Stimmen – die eine dünn und klar, die andere tief und rauh – vereinten sich und flehten um Gnade und Vergebung. Nach dem Gebet setzten sie sich wieder in den Schatten des Felsens, und bald schlief das Kind ein, sich an die breite Brust seines Beschützers kuschelnd. Einige Zeit wachte er über ihren Schlummer, doch bald überwältigte die Natur auch ihn – drei Tage und drei Nächte hatte er sich keine Ruhe und keinen Schlaf gegönnt. Langsam sanken die Lider über die müden Augen, der Kopf fiel tiefer und tiefer auf die

Brust, der graumelierte Bart des Mannes vermischte sich mit den goldenen Locken seines Schützlings, beide schliefen den gleichen tiefen, traumlosen Schlummer. Wäre der Wanderer noch eine halbe Stunde länger wach geblieben, hätte sich ihm ein seltsamer Anblick geboten. Weit in der Ferne, am äußersten Rand der Einöde, stieg eine kleine Rauchwolke hoch, zunächst kaum von dem dunstigen Horizont zu unterscheiden, aber allmählich höher und breiter werdend, bis sie eine starke, klar erkennbare Wolke bildete. Bald wurde es offenbar, daß diese Wolke von einer großen Menge sich fortbewegender Lebewesen hochgewirbelt wurde. In fruchtbareren Gegenden hätte man geglaubt, eine der großen Büffelherden, die auf der Prärie grasen, nähere sich. Aber hier, in dieser kahlen Wildnis war das unmöglich. Langsam hoben sich aus der Staubwolke die Umrisse großer Planwagen und die Gestalten bewaffneter Reiter ab – es war eine große Karawane, auf dem Weg nach Westen! Aber was für eine Karawane! Als die Spitze den Fuß des Hügels erreicht hatte, war das Ende noch nicht am Horizont sichtbar. Zahllose Frauen wankten unter schweren Lasten, Kinder trollten sich neben den Wagen oder schauten unter den weißen Planen hervor. Es war offensichtlich kein gewöhnlicher Auswandererzug, sondern ein Nomadenvolk, das gezwungen war, sich neues Land zu suchen. Die klare Luft war vom Getöse und lauten Stimmengewirr dieser großen Menschenmasse, dem Knarren der Räder und dem Wiehern der Pferde erfüllt. Und dennoch war der Lärm nicht laut genug, um die beiden müden Menschen auf dem Hügel zu wecken.

An der Spitze des Zuges ritten etwa zwanzig Männer mit harten Gesichtern, in dunkle hausgewobene Stoffe gekleidet und mit Gewehren bewaffnet. Am Fuß des Hügels machten sie halt, um sich über den einzuschlagenden Weg zu beraten.

»Die Quellen liegen rechts, meine Brüder«, erklärte ein glattrasierter Mann mit grauem Haar und schmalen Lippen.

»Rechts an der Sierra Blanca vorbei – dann kommen wir zum Rio Grande«, meinte ein anderer.

»Habt keine Angst vor Wassermangel!« rief ein dritter. »Er, der es aus den Felsen sprudeln ließ, wird sein auserwähltes Volk nicht verlassen.«

»Amen! Amen!« stimmte die ganze Gruppe ein.

Sie waren gerade im Begriff, ihre Reise fortzusetzen, als einer der Jüngsten und Scharfblickendsten einen Schrei ausstieß und auf den Felsen über ihnen deutete: Vom Gipfel flatterte der Zipfel eines rosafarbenen Tuches in der Luft, das sich klar von den grauen Felsen abhob. Wie auf ein Kommando faßten alle die Zügel ihrer Pferde fester und nahmen die Gewehre vom Rücken. Weitere Reiter kamen zur Verstärkung der Vorhut herangaloppiert. »Rothäute«, tönte es von allen Seiten.

»Es können nicht viel Indianer hier in der Gegend sein«, erklärte der ältere Mann, der das Kommando zu führen schien. »Wir haben das Gebiet der Pawnees hinter uns, und bis zu den hohen Bergen gibt es keine anderen Stämme.«

»Soll ich hinaufreiten und nachsehen, Bruder Stangerson«, fragte ein junger Mann.

»Ich auch ... ich auch!« riefen etwa ein Dutzend Stimmen.

»Laßt eure Pferde hier, wir warten auf euch!« entschied der ältere Mann. In einem Augenblick waren die jungen Burschen abgestiegen, hatten ihre Pferde festgebunden und kletterten mit der Sicherheit und Lautlosigkeit geübter Pfadfinder den steilen Hang hinauf. Von unten sah man, wie sie von Fels zu Fels sprangen, bis sich ihre Gestalten klar gegen den Himmel abhoben, allen voran

der junge Mann, der die Entdeckung gemacht hatte. Plötzlich sahen die hinter ihm, daß er die Arme überrascht hochhob, und als sie ihn erreichten, waren auch sie über den Anblick, der sich ihnen bot, erstaunt.
Auf dem kleinen Plateau stand ein einzelner riesiger Felsblock, an dem ein langbärtiger, ausgemergelter großer Mann lag; sein friedliches Gesicht und seine regelmäßigen Atemzüge zeigten, daß er tief schlief. Neben ihm lag ein kleines Mädchen, die weißen runden Ärmchen hielt es um den sehnigen Hals des Mannes geschlungen, das goldene Lockenköpfchen ruhte auf seiner breiten Brust. Oben auf dem Felsblock über diesem seltsamen Paar saßen drei düstere Bussarde, die beim Anblick der Neuankömmlinge wütende, rauhe Schreie ausstießen und langsam davonflatterten.
Das Schreien der Raubvögel weckte die beiden Schläfer, die erstaunt und verwirrt um sich schauten. Der Mann richtete sich taumelnd hoch und blickte hinunter zur Ebene, die noch vor kurzem, als der Schlaf ihn übermannt hatte, so verlassen gewesen war und in der es jetzt von dieser ungeheuren Menge von Menschen und Tieren wimmelte. Er fuhr sich mit seiner knochigen Hand über die Augen und murmelte vor sich hin: »Das ist wohl eine Fata Morgana!« Die Kleine stand neben ihm, hielt sich an seinem Rocksaum fest und sagte nichts, sondern starrte mit erstaunten, fragenden Kinderblicken umher.
Die Retter konnten bald die beiden Verirrten überzeugen, daß ihre Erscheinung kein Blendwerk war. Einer nahm das kleine Mädchen auf die Schultern, während zwei andere den erschöpften Mann stützten und hinunter zu den Wagen führten.
»Ich heiße John Ferrier«, erklärte der Fremde, »die Kleine und ich sind die einzig Überlebenden von einundzwanzig Menschen. Alle übrigen sind unten im

Süden vor Hunger und Durst umgekommen.«
»Ist es Euer Kind!« fragte ihn einer.
»Sie ist es jetzt, sie ist mein, denn ich habe sie gerettet«, erwiderte Ferrier herausfordernd. »Ich lasse sie mir von niemandem nehmen. Von heute an heißt sie Lucy Ferrier . . . Aber wer seid Ihr?« fuhr er fort, neugierig seine sonnenverbrannten, stämmigen Retter musternd. »Ihr scheint ja eine riesige Gesellschaft zu sein.«
»Fast zehntausend«, erwiderte einer der jungen Leute, »wir sind die verfolgten Kinder Gottes – die Auserwählten des Engels Merona.«
»Ich habe noch nie von ihm gehört«, meinte Ferrier. »Er scheint ja ein ganzes Volk auserwählt zu haben.«
»Spottet nicht über das, was heilig ist«, entgegnete der andere ernst. »Wir sind die, die an die geoffenbarten Schriften glauben, die in ägyptischen Lettern auf goldenen Tafeln aufgezeichnet und dem heiligen Josef Smith in Palmyra übergeben wurden. Wir kommen von Nauvoo im Staat Illinois, wo wir unseren Tempel errichtet hatten. Wir suchen nun Zuflucht vor den gewalttätigen Menschen und vor den Gottlosen, und wenn wir uns inmitten der Wüste niederlassen müssen.«
Der Name Nauvoo weckte offensichtlich Erinnerungen bei John Ferrier. »Ah, ich verstehe, ihr seid Mormonen.«
»Wir sind Mormonen!« antworteten die Umstehenden wie aus einem Munde.
»Und wo geht ihr hin?«
»Wir wissen es nicht. Die Hand Gottes führt uns mittels unseres Propheten. Wir bringen euch zu ihm, er wird entscheiden, was mit euch geschehen soll.«
Inzwischen waren sie zum Fuß des Hügels gekommen und wurden von den Pilgern umdrängt: demütig dreinblickende Frauen, fröhliche, kräftige Kinder und ernstblickende Männer. Erstaunte und mitleidige Rufe wurden beim Anblick der zwei Fremden laut. Umgeben von

neugierigen Mormonen wurden die beiden von ihren Rettern weitergeführt, bis sie zu einem Wagen kamen, der durch seine Größe und seine prächtige Ausstattung auffiel. Sechs Pferde waren vorgespannt, während die anderen Wagen nur von zwei oder höchstens vier Tieren gezogen wurden. Neben dem Kutscher saß ein Mann, der nicht über dreißig sein konnte, dessen energischer Ausdruck ihn aber als den Führer kennzeichnete. Er las in einem braungebundenen Buch, das er beiseite legte, als die Menge herankam, und lauschte aufmerksam auf den Bericht, der ihm erstattet wurde. Dann wandte er sich den Neuankömmlingen zu.

»Wenn wir euch mit uns nehmen«, erklärte er feierlich, »können wir euch nur als Anhänger unseres Glaubens mitnehmen. Wir dulden keine Wölfe in unserer Herde. Viel besser wäre es, daß auch eure Knochen in dieser Wildnis bleichten, als daß ihr euch als der kleine Wurm erweisen würdet, der mit der Zeit die ganze Frucht in Fäulnis geraten läßt. Wollt ihr unter dieser Bedingung mit uns kommen?«

»Ich glaube, ich komme unter jeder Bedingung mit euch«, antwortete Ferrier mit solcher Emphase, daß die würdigsten Ältesten ein Lächeln nicht unterdrücken konnten. Nur der Führer wahrte seinen ernsten, würdigen Ausdruck.

»Nimm ihn mit, Bruder Stangerson!« befahl er. »Gib ihm zu essen und zu trinken, und auch dem Kind. Es wird auch deine Aufgabe sein, ihn unseren heiligen Glauben zu lehren. Aber jetzt haben wir uns schon zu lange aufgehalten . . . Vorwärts! Auf, auf nach Zion!«

»Auf, auf nach Zion!« rief die Mormonenmenge – das Wort pflanzte sich die lange Karawane entlang von Mund zu Mund, bis es in einem dumpfen Murmeln in der Ferne verklang. Unter Peitschenknallen und Räderknirschen setzten sich die großen Wagen in Bewe-

gung . . . und bald war die gesamte Karawane wieder unterwegs. Der Älteste, dem die beiden Fremden anvertraut waren, führte sie zu seinem Wagen, wo bereits ein Mahl ihrer harrte.
»Ihr werdet hier bleiben«, sagte er. »In einigen Tagen werdet ihr euch erholt haben. Aber denkt inzwischen schon daran, daß ihr jetzt und für immer unserem Glauben angehört. Brigham Young hat es gesagt, und aus ihm spricht die Stimme von Josef Smith, die die Stimme Gottes ist!«

2

Es ist hier nicht der Platz, die Gefahren und Entbehrungen aufzuzählen, die die wandernden Mormonen durchzustehen hatten, bis sie endlich ihr Ziel erreichten. Von den Ufern des Mississippi bis zu den Westhängen der Rocky Mountains hatten sie sich mit einer Zähigkeit und Standhaftigkeit durchgekämpft, die in der Geschichte ihresgleichen sucht. Der wilde Mensch und das wilde Tier, Hunger, Durst, Erschöpfung, Krankheit, alle Hindernisse, die ihnen die Natur in den Weg legen konnte, hatten sie mit angelsächsischer Verbissenheit überwunden. Dennoch hatten die lange Reise und die erlittenen Schrecken auch die Herzen der Mutigsten unter ihnen erschüttert – es gab nicht einen, der nicht in die Knie sank und inbrünstig betete, als sie unter sich, in Sonnenlicht gebadet, das breite Tal von Utah sahen und von den Lippen ihrer Führer hörten, daß dies das verheißene Land sei und daß dieser jungfräuliche Boden auf ewig ihnen gehöre.
Young erwies sich nicht nur als ein hervorragender Führer, sondern auch als ein ausgezeichneter Organisa-

tor. Er ließ Vermessungen vornehmen und die Pläne für die zukünftige Stadt zeichnen. Jeder Familie wurde gemäß ihrem Stand Grund und Boden zugeteilt. Dem Kaufmann wurde sein Handel, dem Handwerker sein Gewerbe zugewiesen. In der Stadt entstanden wie durch ein Wunder Straßen und Plätze von Häusern umsäumt, das Land wurde gerodet, entwässert, umfriedet, bepflanzt, und bereits im nächsten Sommer wogten goldene Weizenfelder zum Horizont. Alles in dieser wunderbaren Ansiedlung gedieh. Der große Tempel, dessen Bau man im Mittelpunkt der Stadt begonnen hatte, wurde immer größer – von der ersten Morgenröte bis hinein in die sinkende Dämmerung erscholl das Klopfen der Hämmer und das Kreischen der Sägen, denn es galt das Bauwerk zu errichten, durch das die Einwanderer ihn, der sie durch so viele Gefahren geführt hatte, ehren wollten.

Die zwei Fremden, John Ferrier und das kleine Mädchen, das sein Los geteilt hatte und von ihm adoptiert worden war, begleiteten die Mormonen bis zum Ende ihrer großen Wanderung. Die kleine Lucy überstand die Reise recht angenehm im Wagen des Ältesten Stangerson, den sie mit den drei Frauen des Mormonen und seinem Sohn, einem eigenwilligen, strammen Knaben von zwölf Jahren teilte. Nachdem sie sich mit der Vitalität des Kindes von dem Schmerz erholt hatte, der sie durch den Tod ihrer Mutter betroffen hatte, wurde sie bald der Liebling der drei Frauen und gewöhnte sich an dieses neue Leben in ihrem schwankenden leinwandbedeckten Heim. Und als sich Ferrier von seinen Leiden erholt hatte, zeichnete er sich als ein nützlicher Führer und unermüdlicher Jäger aus. Er erwarb sich so rasch die Wertschätzung seiner neuen Gefährten, daß am Ende ihrer Wanderung einstimmig beschlossen wurde, er solle ein ebenso großes und gutes Stück Land

wie jeder andere der Siedler erhalten, mit Ausnahme von Young selbst und der vier führenden Ältesten, Stangerson, Kemball, Johnston und Drebber.
Auf dem ihm zugeteilten Boden baute sich nun Ferrier ein solides Blockhaus, das er im Lauf der Jahre ständig vergrößerte, so daß es allmählich ein geräumiges Farmhaus wurde. Er war praktisch von Natur, geschickt bei der Arbeit, klug und besonnen in allem, was er unternahm. Seine eiserne Konstitution befähigte ihn, von früh bis spät unaufhörlich zu arbeiten, sein Land zu bebauen und zu verbessern. So kam es, daß sein Besitz blühte und gedieh. In drei Jahren ging es ihm besser als seinen Nachbarn, in sechs war er wohlhabend, nach neun reich und nach Ablauf von zwölf Jahren gab es kaum ein halbes Dutzend Menschen in ganz Salt Lake City, die sich an Besitz mit ihm messen konnten. Von dem großen Binnensee bis zu den fernen Wahsatch-Bergen gab es keinen Namen, der besseren Klang hatte als der von John Ferrier.
Nur in einem verletzte er die Gefühle seiner Glaubensgenossen: kein Argument, keine Überredungskunst vermochte ihn je dazu zu bringen, in der Art seiner Gefährten einen weiblichen Hausstand einzurichten. Er gab nie einen Grund für diese hartnäckige Weigerung an, sondern begnügte sich damit, entschlossen und unbeugsam auf seinem Entschluß zu beharren. Einige bezichtigten ihn der Laxheit in seiner angenommenen Religion, andere führten seine Haltung auf Geldgier und Scheu vor Ausgaben zurück, wieder andere sprachen von einer früheren Liebesaffäre, von einem blondhaarigen Mädchen an der atlantischen Küste, das er nicht vergessen könne. Jedenfalls, was auch der Grund war, Ferrier blieb Junggeselle. In jeder anderen Hinsicht hielt er sich jedoch an die Religion der jungen Siedlung und kam in den Ruf, ein gläubiger, untadeliger Mann zu

sein.
Lucy wuchs in dem Blockhaus auf und half ihrem Adoptivvater in allen seinen Unternehmungen. Die frische, gesunde Gebirgsluft und der Duft der Fichtenwälder bekamen ihr ausgezeichnet, und sie gedieh besser, als wenn sie die Pflege der besorgtesten Mutter und der besten Kinderfrau genossen hätte. Im Laufe der Jahre wurde sie groß und stark, ihre Wangen rundeten sich, ihr Schritt wurde elastischer. Mancher Wanderer auf der Landstraße, die an Ferriers Farm vorüberführte, fühlte lang vergessene Wünsche in sich aufsteigen, wenn er ihre schlanke mädchenhafte Gestalt durch die Weizenfelder gehen sah oder ihr begegnete, auf dem Mustang ihres Vaters sitzend, den sie mit der Leichtigkeit und Grazie eines echten Kindes des Westens meisterte.
So entfaltete sich die Knospe zur Blume, und während ihr Vater zu einem der reichsten Farmer geworden war, war sie zu einem der schönsten Mädchen erblüht, das man in den ganzen pazifischen Staaten finden konnte. Es war jedoch nicht Lucys Vater, der als erster bemerkte, daß aus dem Kind eine Frau geworden war. Das ist selten der Fall. Jener geheimnisvolle Wechsel geht so zart und allmählich vor sich, daß man ihn kaum nach Daten messen kann; unmerklich hatte sie die Schwelle der Kindheit überschritten, und bald kam der Tag, an dem sie mit einer Mischung von Stolz und Unruhe zu einem neuen Leben erwachte. Es trat ein Ereignis ein, das nicht nur für Lucys Zukunft folgenschwer war, sondern auch das Schicksal vieler anderer entscheidend beeinflußte.
An einem warmen Junimorgen waren die »Heiligen des Jüngsten Tages« ihrer Gewohnheit gemäß geschäftig wie die Bienen, die sie sich zum Vorbild erwählt hatten. Auf den Feldern und in den Werkstätten ertönte lebhaftes Gesumme menschlicher Geschäftigkeit. Auf den

staubigen Landstraßen zogen lange Karawanen mit schwerbeladenen Maultieren einher, dem Westen zu, denn der Goldrausch lockte die Menschen nach Kalifornien, und der Weg zu Lande führte sie durch die Stadt der »Auserwählten«. Zugleich mit den Karawanen von Einwanderern, die sich mit ihren müden Tieren mühsam weiterschleppten, begegnete man großen Herden von Schafen und Jungtieren, die die weitab gelegenen Weideplätze verlassen hatten. Mitten durch dieses Gewühl von Menschen und Tieren galoppierte Lucy mit der Geschicklichkeit einer vollendeten Reiterin, ihr hübsches Gesicht gerötet, ihr langes, kastanienbraunes Haar im Winde flatternd. Sie hatte für ihren Vater eine Besorgung in der Stadt zu erledigen und stürmte, wie so oft, mit der Kühnheit der Jugend einher, nur daran denkend, ihren Auftrag gut zu erledigen. Die müden Wanderer starrten ihr bewundernd nach, und selbst manch stoischer Indianer, der beladen mit Pelzwerk, seiner Jagdbeute, einherzog, ließ sich aus seiner gewohnten Ruhe bringen und bestaunte die Schönheit der bleichgesichtigen Squaw.

Am Rand der Stadt war die Straße durch eine große Viehherde versperrt, die von einem halben Dutzend Viehhirten getrieben wurde. Ungeduldig wollte Lucy dieses Hindernis überwinden und sprengte mit ihrem Pferd in die erste sich ihr scheinbar öffnende Lücke. Aber die Tiere drängten schnell nach, und sie war auf ihrem Pferd zwischen dem Vieh eingekeilt. Furchtlos versuchte sie, sich einen Weg zu bahnen, geriet aber dabei unglücklicherweise in zu nahe Berührung mit einem jungen Stier, der seine Hörner dem Pferd in die Weichen stieß. Der Mustang wurde still, stellte sich auf die Hinterbeine, so daß sich Lucy nur unter Anwendung ihrer ganzen Reitkunst im Sattel zu halten vermochte. Ihre Lage wurde äußerst gefährlich, denn bei

jedem Sprung stieß das Pferd gegen die spitzen Hörner und wurde zu neuer Wut gereizt. Wenn es seine Reiterin abwarf, würde diese unweigerlich von den Hufen der wilden, erschreckten Tiere zu Tode getrampelt werden. Der aufwirbelnde Staub drohte sie zu ersticken, ihr wurde schwindlig, die Hand, die die Zügel hielt, begann zu erlahmen. In diesem Augenblick ertönte eine freundliche Stimme, die ihr Mut zusprach, eine sehnige braune Hand packte das erschreckte Pferd am Zügel und führte es geschickt aus der sie umgebenden Tierschar.
»Ich hoffe, Sie haben keinen Schaden erlitten, Miss«, sagte ihr Retter respektvoll.
Sie blickte in sein sonnengebräuntes kühnes Gesicht und antwortete, naiv lachend: »Ich bin furchtbar erschrocken. Wer hätte auch denken können, daß Poncho vor einigen Kühen Angst haben würde.«
»Gott sei Dank, daß Sie sich im Sattel hielten«, erwiderte ernst der junge Mann, der auf einem kräftigen Rotschimmel saß; ein langes Gewehr hing ihm auf dem Rücken. »Sie sind wohl die Tochter von John Ferrier?« fuhr er fort. »Ich sah, wie Sie aus seinem Hause kamen. Fragen Sie ihn doch bitte, ob er sich noch an Jefferson Hope in St. Louis erinnert. Wenn er der Ferrier ist, den ich meine, dann waren mein Vater und er gute Freunde.«
»Am besten gehen Sie hin und fragen ihn selbst«, schlug sie freundlich vor.
Die dunklen Augen des jungen Burschen strahlten. »Mit dem größten Vergnügen.«
»Er ist Ihnen zu großem Dank verpflichtet, und ich ebenfalls. Er hat mich sehr lieb«, entgegnete sie, »und wenn mich diese Rinder totgetreten hätten, wäre er nie darüber hinweggekommen.«
»Ich auch nicht«, sagte der junge Mann.
»Sie? Ja, was geht Sie denn das an? Sie gehören doch

nicht zu unseren Freunden.«
Nach dieser Bemerkung verfinsterte sich das Gesicht des jungen Jägers derart, daß Lucy hell auflachte.
»Ach, das habe ich ja nicht so gemeint«, sagte sie beruhigend, »natürlich sind Sie jetzt ein Freund von uns. Sie müssen uns besuchen. Aber ich muß jetzt weiter, ich muß noch eine Besorgung für meinen Vater erledigen. Auf Wiedersehen!«
»Auf Wiedersehen!« antwortete er, nahm seinen breiten Sombrero ab und drückte ihre Hand. Sie versetzte ihrem Mustang einen leichten Schlag mit der Peitsche und stürmte die Landstraße entlang, in eine wogende hohe Staubwolke gehüllt.
Der junge Jefferson Hope ritt brütend und schweigsam mit seinen Gefährten weiter. Er hatte mit ihnen im Nevada-Gebirge nach Silber gesucht, und sie kehrten nun nach Salt Lake City zurück, um dort Kapital zur Ausbeutung einer Silberader, die sie entdeckt hatten, aufzutreiben. Bisher war er ebenso wie seine Kameraden auf dieses Geschäft bedacht gewesen, doch sein heutiges Erlebnis hatte seine Gedanken in eine andere Richtung gelenkt. Der Anblick dieses schönen jungen Mädchens hatte sein ungestümes, wildes Herz aufs tiefste aufgerührt. Als sie seinen Blicken entschwunden war, bemerkte er, daß nun sein Leben mit einem Schlag anders geworden war, daß weder Silberminen noch irgendeine andere Frage für ihn wieder von größerer Bedeutung sein könnten als dieses neue, ihn vollkommen beherrschende Gefühl. Die Liebe, die in ihm erwacht war, war nicht eine plötzliche Laune eines Knaben, es war die wilde, glühende Leidenschaft eines Mannes mit festem Willen und starkem Charakter. Alles, was er bisher unternommen hatte, war von Erfolg gekrönt gewesen, und er gelobte sich, unter Einsatz all seiner Kräfte diese Frau zu erringen.

Noch am selben Abend stattete er John Ferrier einen Besuch ab und wurde bald ein häufig und gern gesehener Gast in dessen Haus. Ferrier, der in seine Arbeit versunken war, hatte sich im Lauf der letzten zwölf Jahre wenig um die Geschehnisse der Außenwelt gekümmert, und so interessierte ihn alles, was Jefferson Hope erzählte, ungemein – auch Lucy hörte gespannt zu. Er war einer der Pioniere in Kalifornien gewesen und wußte manche merkwürdige Geschichte darüber zu erzählen, wie in jenen wildbewegten Tagen Reichtümer gewonnen und verloren wurden. Er war auch Pfadfinder gewesen, Pelzjäger, Silbergräber und Viehzüchter. Jefferson hatte keine Gelegenheit versäumt, aufregende Abenteuer zu bestehen. Bald wurde er ein Liebling des alten Farmers, der begeistert die Fähigkeiten des jungen Mannes lobte. Lucy hörte sich diese Lobpreisungen schweigend an, aber ihre geröteten Wangen und ihre strahlenden Augen verrieten nur zu klar, daß ihr junges Herz nicht mehr ihr gehörte. Ihr ehrlicher Vater mochte diese Anzeichen nicht erkennen, aber demjenigen, der sie erweckt hatte, blieben sie nicht verborgen.
An einem schönen Sommerabend galoppierte er die Landstraße hinunter und machte vor dem Gartentor halt. Lucy kam ihm von der Haustür aus entgegen, während er das Pferd am Gitter festband.
»Ich gehe fort, Lucy!« erklärte er, ihre beiden Hände ergreifend, und blickte ihr zärtlich in die Augen. »Ich werde Sie heute noch nicht bitten, mit mir zu gehen. Aber werden Sie dazu bereit sein, wenn ich zurückkomme?«
»Wann wird das sein?« fragte sie und lachte errötend.
»In einigen Monaten, und dann, Liebling, komme ich und bitte um deine Hand. Niemand kann mich daran hindern.«
»Und mein Vater?«

»Er hat schon zugestimmt, unter der Voraussetzung, daß die Ausbeutung der Mine ein Erfolg wird. Und davor habe ich keine Angst.«
»Wenn ihr beide, du und Vater, euch schon geeinigt habt, brauche ich ja nichts mehr zu sagen«, flüsterte sie und barg ihr Gesicht an seiner breiten Brust.
»Gottlob!« rief er und gab ihr einen herzhaften Kuß. »Es ist also abgemacht. Und nun muß ich fort; denn je länger ich bleibe, desto schwerer fällt der Abschied. Und die Arbeit drängt, meine Kameraden erwarten mich in der Schlucht. Leb wohl, mein Liebling – auf Wiedersehen! In zwei Monaten bin ich zurück!«
Noch während er sprach, riß er sich aus der Umarmung, schwang sich auf sein Pferd und galoppierte davon; er blickte sich nicht einmal um, als fürchte er, schwach zu werden, wenn er sie noch einmal sähe. Sie stand am Tor, sah hinter ihm her, bis er ihren Blicken entschwunden war. Dann ging sie ins Haus zurück, das glücklichste Mädchen in ganz Utah.

3

Drei Wochen waren seit Jefferson Hopes und seiner Kameraden Aufbruch vergangen. Bei dem Gedanken, daß der junge Mann bald zurückkehren und ihm seine geliebte Pflegetochter für immer nehmen würde, wurde Ferrier das Herz schwer; doch der Anblick ihres glückstrahlenden Gesichtes versöhnte ihn mit dem Schicksal und ließ ihn sein Leid vergessen. Er war schon immer im Innersten entschlossen gewesen, sich durch nichts in der Welt dazu bewegen zu lassen, seine Tochter mit einem Mormonen zu verheiraten, da er solch eine Ehe nicht als eine Ehe ansah, sondern nur als eine Schmach und Schande. Was er auch sonst über die Mormonenlehre denken mochte, in diesem Punkt war er unbeugsam. Er durfte allerdings seine abweichende Ansicht nie laut werden lassen, denn damals war im Land der Heiligen die Äußerung »ketzerischer« Anschauungen höchst gefährlich.

Jawohl, höchst gefährlich – so gefährlich, daß selbst die Heiligsten ihre religiösen Meinungen nur zu flüstern wagten, da sie befürchteten, daß ein Wort falsch ausgelegt werden könnte und sie zur Verantwortung gezogen würden. Die Opfer der Verfolgung waren jetzt selbst zu Verfolgern geworden, und zwar zu Verfolgern schlimmster Art – nicht einmal die spanische Inquisition, das deutsche Femegericht des Mittelalters noch die italienischen Geheimgesellschaften hatten je ein ähnliches Schreckensregiment ausgeübt wie das, welches im Staate Utah die Gemüter mit Angst und Schrecken erfüllte. Daß diese Herrschaft so unsichtbar und geheimnisvoll war, machte sie nur noch gefürchteter. Die Organisation schien allwissend und allmächtig zu sein, und dennoch sah und hörte man nichts von ihr. Unbotsame Gemeindemitglieder verschwanden spurlos, kein Mensch wußte, was mit ihnen geschehen war; daheim warteten Frau und Kinder auf den Vater, doch er kehrte nie zurück, vermochte ihnen nie zu berichten, welches Los ihm das Geheimgericht beschieden hatte. Einem unüberlegten Wort, einer übereilten Handlung folgte Vernichtung, und doch wußte niemand, wann das Verhängnis ihm drohte oder wessen Hand die Strafe vollzog. Kein Wunder, daß die Menschen zitternd, voll Bangen und Furcht umhergingen, und daß sie nicht einmal inmitten der Wildnis die Zweifel zu flüstern wagten, die sie befielen. Zunächst wurde diese unbestimmte, entsetzliche Macht nur gegen die Abtrünnigen ausgeübt, gegen solche, die den Mormonenglauben abändern oder gar verlassen wollten. Es wurde aber bald schlimmer. Die eigene weibliche Bevölkerung genügte nicht, um die gesetzlich eingeführte Polygamie weiterhin durchzuführen. Seltsame Gerüchte gingen um – Gerüchte von ermordeten Einwanderern und Überfällen auf Lagerplätze in Gegenden, in denen Indianer nie gesehen wurden. Neue Frauen erschienen in den Harems der Ältesten, weinende Frauen, die vor Gram vergingen, die auf ihren Gesichtern die Spuren unendlichen Entsetzens trugen. Nächtliche Wanderer in den Bergen berichteten von Banden bewaffneter maskierter Männer, die lautlos in der Dunkelheit an ihnen vorüberhuschten. Diese Erzählungen und Gerüchte nahmen bald greifbarere Formen an. Je mehr Einzelheiten über die Machenschaften dieser grauenhaften Organisation laut wurden, desto größer wurde die Angst vor ihnen. Niemand wußte, wer ihr angehörte; die Namen derer, die unter dem Deckmantel der Religion diese blutigen Greuel verübten, wurden streng geheimgehalten. Daher fürchtete jeder seinen Nachbarn, keiner wagte von dem zu sprechen, was ihn am meisten bedrückte.

Als Ferrier an einem schönen Morgen gerade auf seine Felder gehen wollte, hörte er das Knarren des Hoftores und erblickte einen stämmigen, blonden Mann mittleren Alters. Er erschrak heftig, denn es war der große Brigham Young in höchst eigener Person. Voll böser Ahnungen – er wußte, daß solch ein Besuch ihm nichts Gutes bringen konnte – eilte Ferrier zur Tür und begrüßte respektvollst das Oberhaupt der Mormonen. Young nahm jedoch die Begrüßung kühl entgegen und folgte Ferrier düsterblickend ins Wohnzimmer.

»Bruder Ferrier«, hub er an, nachdem er Platz genommen hatte, und sah den Farmer durchdringend an, »die wahren Gläubigen sind gut zu dir gewesen. Wir haben dich aufgelesen, als du in der Wüste am Verschmachten warst, wir haben unsere Nahrung mit dir geteilt, wir haben dich sicher ins Verheißene Land geführt, wir haben dir ein gutes Stück Land gegeben, wir haben erlaubt, daß du unter unserem Schutz reich wurdest . . . Ist das nicht so?«

»Es ist so!« bestätigte Ferrier.

»Als Gegenleistung verlangten wir lediglich eines von dir: du solltest den wahren Glauben annehmen und gemäß seinen Gesetzen leben. Du gelobtest, dies zu tun, hast aber, wenn die entsprechenden Berichte stimmen, die Erfüllung dieses Versprechens vernachlässigt.«

»In welcher Hinsicht sollte ich es vernachlässigt haben?« fragte Ferrier, beteuernd die Hände hebend. »Habe ich nicht der Gemeindekasse beigesteuert? Habe ich nicht dem Dienst im Tempel beigewohnt? Habe ich nicht . . .?«

»Wo sind deine Frauen?« unterbrach ihn Young, sich umblickend. »Rufe sie herbei, damit ich sie begrüßen kann.«

»Es stimmt, daß ich nicht geheiratet habe«, erklärte Ferrier. »Aber es gibt wenige Frauen, und andere Gemeindemitglieder besaßen mehr Anrecht als ich. Zudem bin ich nicht allein, ich habe meine Tochter, die für mich sorgt.«

»Gerade über deine Tochter möchte ich mit dir sprechen«, erwiderte der Mormonengewaltige. »Sie ist zur Blume von Utah erblüht und hat in den Augen von vielen, die im Lande hochgeachtet sind, Wohlgefallen erregt.«

Ferriers Herz bebte.

»Ich habe Gerüchte gehört – die ich kaum glauben kann –, daß sie einem Heiden versprochen sei«, fuhr Young fort. »Das muß aber leeres Geschwätz sein. Wie heißt das dreizehnte Gebot im Gesetzbuch des heiligen Josef Smith? . . . ›Eine Maid, die sich zum wahren

Glauben bekennt, muß einen Auserwählten heiraten, denn wenn sie einen Heiden heiratete, würde sie eine Todsünde begehen.‹ Da dem so ist, ist es unmöglich, daß du, der du dich zu unserem heiligen Glauben bekennst, dulden solltest, daß sie dieses Gebot übertritt.«
Ferrier antwortete nicht, unruhig spielte er mit seiner Reitpeitsche.
»In diesem Punkt soll dein Glaube auf die Probe gestellt werden – so hat es der heilige Rat der Vier beschlossen. Da das Mädchen jung ist, verlangen wir nicht, daß sie einen Graubart heirate, wir wollen ihr sogar die Wahl lassen. Wir, die Ältesten, haben bereits viele Frauen, aber für unsere Kinder muß auch gesorgt werden. Stangerson hat einen Sohn und Drebber hat einen Sohn, beide würden deine Tochter gerne in ihrem Haus willkommen heißen. Sie soll zwischen ihnen wählen. Beide sind jung und reich und gehören dem wahren Glauben an. Was hast du dazu zu sagen?«
Ferrier saß eine Weile stirnrunzelnd da und schwieg.
»Laßt uns Zeit«, sagte er schließlich. »Meine Tochter ist noch sehr jung, sie ist noch kaum im heiratsfähigen Alter.«
»Sie soll einen Monat Bedenkzeit haben«, erklärte Young und stand auf. »Dann soll sie ihre Antwort geben.«
In der Tür wandte er sich noch einmal um, sein Gesicht glühte, seine Augen blitzten, und donnernd rief er: »Es wäre besser für dich, John Ferrier, und für sie, daß eure Gebeine im Wüstenstaub der Sierra Blanca bleichten, als daß du mit deinem schwachen Willen versuchtest, den Befehlen der heiligen Vier zu trotzen!«
Drohend erhob er seine Hand, wandte sich zur Tür ... Ferrier hörte seine schweren Schritte auf dem Kiesweg im Garten.
Er saß da, den Kopf in die Hände vergraben, und überlegte, wie er seiner Tochter diese Nachricht mittei-

len sollte, als eine sanfte Hand sein Haar streichelte. Aufblickend sah er Lucy vor ihm stehen, ihr bleiches, entsetztes Gesicht zeigte ihm, daß sie alles gehört hatte. Als Antwort auf seinen fragenden Blick sagte sie: »Ich mußte es hören, seine Stimme dröhnte durch das ganze Haus. Ach, Vater, Vater, was sollen wir nur tun?«

»Fürchte dich nicht«, antwortete er, zog sie an sich und streichelte mit seiner rauhen großen Hand zärtlich ihr braunes Haar. »Wir werden es schon irgendwie schaffen. Du liebst doch noch immer deinen Burschen?«

Ein Schluchzen und ein Händedruck von ihr war die Antwort.

»Das ist recht, ich möchte es nicht anders. Er ist ein guter Mann, und er ist ein Christ, was man von diesen Menschen hier nicht sagen kann, trotz all ihren Predigten und ihrem ständigen Beten. Ich werde ihm morgen durch zuverlässige Leute, die nach Nevada gehen, die Nachricht zukommen lassen, daß wir in Not sind. So wie ich den jungen Mann kenne, wird er so schnell hier sein wie eins dieser neuartigen Telegramme.«

Trotz ihrer Tränen mußte Lucy über den Vergleich ihres Vaters lachen und sagte: »Wenn er kommt, wird er uns schon den besten Rat erteilen. Aber um dich habe ich Angst, lieber Vater. Man hört so . . . so entsetzliche Geschichten über Leute, die sich dem Propheten widersetzen: es ist ihnen Fürchterliches widerfahren.«

»Aber wir haben uns ihm ja noch nicht widersetzt«, entgegnete ihr Vater. »Wir haben noch Zeit. Einen ganzen Monat haben wir noch vor uns, und ich glaube, bevor er um ist, machen wir, daß wir Utah den Rücken kehren.«

»Von Utah fortgehen?«

»Ja!«

»Und die Farm?«

»Wir werden zu Geld machen, was wir können, den Rest

lassen wir hier. Ich muß dir sagen, Lucy, daß ich nicht zum ersten Male daran denke. Mir paßt es nicht, vor irgendeinem Menschen zu kriechen, wie das diese Leute vor ihrem verdammten Propheten tun. Ich habe das nicht gelernt, ich bin ein freigeborener Amerikaner, und ich bin wohl zu alt, um das noch zu lernen. Wenn er nochmal hier in meiner Farm rumlungert, kann es ihm passieren, daß ihm eine Schrotladung, die die falsche Richtung genommen hat, in den Weg kommt.«
»Aber die werden uns doch nicht fortgehen lassen«, warf Lucy ein.
»Warte, bis Jefferson kommt, und dann werden wir es schaffen. Inzwischen mach dir keine Sorgen, mein Liebling, und weine dir nicht die Augen rot, sonst schlägt er mit mir Krach, wenn er dich sieht. Wir brauchen keine Angst zu haben, es ist gar keine Gefahr vorhanden.«
Ferrier äußerte diese tröstlichen Worte in sehr zuversichtlichem Ton, aber sie beobachtete, daß er abends die Türen mit ungewohnter Sorgfalt schloß und daß er die alte Schrotflinte, die in seinem Schlafzimmer an der Wand hing, peinlich säuberte und lud.

4

Am Morgen nach der Unterhaltung mit dem Mormonen-Propheten ging Ferrier in die Stadt und vertraute seinem Bekannten, der nach Nevada reiste, die Botschaft für Jefferson Hope an. Er hatte dem jungen Mann von der furchtbaren Gefahr, die sie bedrohte, geschrieben und ihn gebeten, unverzüglich zurückzukehren. Erleichtert machte er sich auf den Heimweg.
Als er sich seinem Hause näherte, sah er zu seiner Überraschung an jedem der beiden Torpfosten ein Pferd

angebunden, und noch überraschter war er, als er in seinem Wohnzimmer zwei junge Männer vorfand. Der eine, ein blasser Jüngling, räkelte sich im Schaukelstuhl und hatte die Füße auf den Ofen gelegt; der andere, ein stiernackiger Jüngling mit rohem, gedunsenem Gesicht stand am Fenster, beide Hände in den Taschen, und pfiff ein Lied. Die jungen Männer nickten Ferrier zu, als er eintrat, und der im Schaukelstuhl eröffnete die Unterhaltung.

»Ihr kennt uns wohl nicht. Der dort ist der Sohn des Ältesten Drebber, und ich bin Josef Stangerson, der mit Euch in der Wüste gereist ist, als der Herr seine Hand ausstreckte und Euch der wahren Herde zuführte.«

»So wie er es zu Seiner Zeit mit allen Völkern tun wird«, fuhr der andere mit näselnder Stimme fort. »Gottes Mühlen mahlen langsam, aber sicher.«

Ferrier nickte kühl, er hatte schon erraten, wer die Besucher waren.

»Wir sind auf den Rat unserer Väter gekommen«, erklärte Stangerson, »und wollen um Eure Tochter werben; es hängt von Euch und von ihr ab, welchem Ihr den Vorzug gebt. Da ich aber nur vier Frauen und Bruder Drebber sieben hat, scheint es mir jedoch, daß ich ein größeres Anrecht habe.«

»Nein, nein, Bruder Stangerson«, sagte der andere, »es handelt sich nicht darum, wieviel Frauen wir haben, sondern wie viele wir ernähren können. Mein Vater hat nun seine Fabrik mir übergeben, und ich bin der reichere von uns beiden.«

»Aber meine Aussichten sind besser«, widersprach der andere. »Wenn es dem Herrn gefallen sollte, meinen Vater zu sich zu nehmen, erbe ich seine Gerberei und seine Lederfabrik. Auch bin ich älter als du und habe in der Kirche einen höheren Rang.«

»Die Maid wird entscheiden«, meinte nun Drebber und

betrachtete sich wohlgefällig im Spiegel. »Wir wollen es ihr ganz überlassen.«
Während dieses Dialoges war Ferrier, vor Wut kochend, in der Tür stehengeblieben; es kostete ihn Mühe, die Rücken seiner zwei Besucher nicht mit der Reitpeitsche zu bearbeiten.
»Hört mal«, sagte er schließlich und ging auf die beiden zu, »wenn meine Tochter euch ruft, könnt ihr kommen, aber bis dahin will ich eure Gesichter nicht mehr sehen!«
Die beiden jungen Mormonen starrten ihn verblüfft an – in ihren Augen stellte dieser Wettbewerb um die Hand des Mädchens die höchste Ehrung für sie und ihren Vater dar.
»Es gibt zwei Wege aus dem Zimmer«, schrie Ferrier, »der eine führt durch die Tür, der andere durchs Fenster. Welchen wollt ihr nehmen?«
Sein braunes Gesicht sah so wild aus, seine Riesenhände waren so drohend erhoben, daß die Besucher aufsprangen und sich schleunigst zurückzogen. Der alte Mann folgte ihnen zur Tür. »Wenn ihr untereinander ausgemacht habt, welcher es sein soll, laßt es mich wissen!« rief er höhnisch.
»Ihr werdet dafür büßen«, schrie Stangerson bleich vor Wut. »Ihr habt dem Propheten und dem Rat der Vier getrotzt. Das werdet Ihr bis zum Ende Eurer Tage bereuen.«
»Die Hand des Herrn wird schwer auf Euch lasten«, schrie Drebber, »er wird die Hand heben und Euch schlagen!«
»Zunächst werde ich mit dem Schlagen anfangen!« rief Ferrier wütend und wollte nach oben stürmen, um seine Flinte zu holen, als Lucy ihn am Arm packte und zurückhielt. Bevor er sich von ihr frei machen konnte, vernahm er Hufgeklapper und wußte, daß die beiden

aus seiner Reichweite waren.
»Diese scheinheiligen Schweinehunde!« rief er und wischte sich den Schweiß von der Stirn. »Lieber möchte ich dich im Grab sehen, mein Kind, als mit einem von ihnen verheiratet.«
»Ja, Vater, lieber tot!« stimmte sie entschlossen zu. »Aber bald wird Jefferson hier sein.«
»Jawohl, hoffentlich kommt er bald. Je eher, desto besser. Denn wir wissen nicht, was die Schweinehunde als nächstes tun werden.«
Es war wirklich höchste Zeit, daß jemand dem wackeren alten Farmer und seiner Adoptivtochter mit Rat und Tat zu Hilfe eilte. In der ganzen Geschichte der Niederlassung hatte es noch nie einen ähnlichen Fall von offener Auflehnung gegen die Autorität der Ältesten gegeben. Wenn schon kleine Vergehen so streng bestraft wurden, was würde das Schicksal dieses Erzrebellen sein? Ferrier wußte nur zu gut, daß sein Reichtum und seine Stellung ihm nichts nützen würden. Andere, ebenso reich und angesehen wie er, waren spurlos verschwunden, und ihr Vermögen war der Kirche anheimgefallen. Er war ein mutiger Mann, doch er zitterte bei dem Gedanken an das unheimliche Verhängnis, das über ihm schwebte. Einer greifbaren Gefahr würde er entschlossen entgegentreten, aber diese Ungewißheit war entnervend. Er verheimlichte jedoch seine Befürchtungen seiner Tochter und bemühte sich, die Angelegenheit als unbedeutend hinzustellen, sie sah aber mit dem durchdringenden Auge der Liebe, wie unruhig er war.
Er rechnete damit, bald von Young einen Verweis wegen seines Verhaltens zu erhalten, und er irrte sich auch nicht, obwohl ihm dieser Verweis in einer unerwarteten Art zugestellt wurde – als er am nächsten Morgen aufstand, fand er zu seinem Erstaunen einen Zettel auf seiner Bettdecke, gerade auf seine Brust

geheftet . . . darauf standen die Worte:
»Du hast noch neunundzwanzig Tage für die Buße – und dann –«
Dieser beängstigende Gedankenstrich war furchtbarer als jede andere Drohung. Am meisten beunruhigt war Ferrier jedoch, weil er sich nicht vorstellen konnte, wie diese Warnung in sein Zimmer gekommen war, denn seine Dienstboten schliefen im Nebenhaus, und im eigenen Haus waren alle Türen und Fenster fest verriegelt. Er warf den Zettel fort und sagte seiner Tochter nichts, doch ihm war zumute, als habe eine eisige Hand nach seinem Herzen gegriffen. Die neunundzwanzig Tage waren offensichtlich der Rest des Monats, den ihm Young als Frist gestellt hatte. Welchen Mut und welche Kraft konnte er einem Feind entgegensetzen, der mit so geheimnisvollen Gewalten ausgestattet war? Die Hand, die den Zettel über seine Brust geheftet hatte, hätte ebensogut sein Herz treffen können, und niemand hätte je erfahren, wer der Mörder war.
Doch am folgenden Morgen erschrak er noch heftiger. Sie hatten sich gerade zum Frühstück niedergesetzt, als Lucy mit einem Schrei auf die Decke deutete. Dort stand mit Holzkohle gekritzelt die Zahl 28. Für seine Tochter war das unverständlich, er klärte sie auch nicht auf. In der folgenden Nacht hielt er mit der Flinte in der Hand Wache – er sah und hörte nichts, und dennoch war am nächsten Morgen eine große 27 außen auf die Haustür gemalt.
So ging es einen Tag nach dem andern: so sicher wie der Morgen kam, fand er, daß seine unsichtbaren Feinde ihr Register weiter führten und irgendwo anzeigten, wieviel Tage der Gnadenfrist ihm noch gewährt waren. Bald erschien die unheilkündende Zahl an der Mauer, bald auf einem Fußboden, gelegentlich wurde sie auf einem kleinen Zettel am Gartentor befestigt. Trotz aller Nacht-

wachen konnte Ferrier nicht entdecken, woher die täglichen Ankündigungen kamen. Ein fast abergläubisches Grauen überfiel ihn bei deren Anblick, er kam sich wie ein gehetztes Wild vor, er wurde hager und ruhelos, in seinen Augen stand unsägliche Qual geschrieben. Er hatte jetzt nur noch eine Hoffnung: die Ankunft des jungen Jägers aus Nevada.

Aus 20 war 15, aus 15 war 10 geworden, und noch immer keine Nachricht von Jefferson ... die Zahl wurde immer kleiner – noch immer kein Lebenszeichen von ihm. Klapperten auf der Landstraße die Hufe eines Pferdes oder rief ein Kutscher seinem Gespann zu, eilte der alte Mann zum Tor, in der Hoffnung, daß endlich die Hilfe eingetroffen sei. Schließlich, als er sah, daß die 5 einer 4 gewichen war und diese einer 3, gab er alle Hoffnung auf. Er wußte, daß er alleine mit seinen beschränkten Kenntnissen der das Tal umgebenden Berge machtlos war; die Straßen und Wege waren streng bewacht, niemand durfte ohne Erlaubnis des Rates passieren. Welchen Weg er auch nähme, es schien kein Entweichen vor der über ihm schwebenden Gefahr zu geben. Und doch schwankte der alte Mann nie in seinem Entschluß, eher das Leben zu verlieren als dem zuzustimmen, was er als eine Schändung seiner Tochter ansah.

Am späten Abend saß er alleine da, grübelte und zermarterte sich das Hirn, um einen Ausweg zu finden. Am Morgen war die Zahl 2 an der Hausmauer gestanden – am nächsten Tag würde die ihm gewährte Frist abgelaufen sein. Was würde dann geschehen? Im Geist malte er sich die furchtbarsten Schrecken aus ... Und seine Tochter? Was würde aus ihr nach seinem Tod werden? Gab es denn keinen Ausweg aus diesem unsichtbaren Netz, in das sie verstrickt waren? Er legte den Kopf auf den Tisch und schluchzte bei dem Gedanken an seine Ohnmacht ...

Was war das? In der Stille der Nacht ertönte ein leises Kratzen – sachte, aber ganz deutlich. Es war an der Haustür. Ferrier schlich in den Flur und horchte angestrengt. Einige Sekunden war nichts zu hören, dann ertönte der leise kratzende Laut von neuem. Offensichtlich war jemand an der Tür. War das ein nächtlicher Mörder, der die Mordbefehle des Geheimtribunals ausführen sollte? Oder war es ein Bote, der anzeigen sollte, daß der letzte Tag der Gnadenfrist angebrochen war? Ferrier sagte sich, daß ein sofortiger Tod besser sei als diese entsetzliche Ungewißheit, die seine Nerven zerrüttete und sein Herz dem Bersten nahe brachte – entschlossen schob er den Riegel zurück und riß die Tür auf.

Draußen war alles still und ruhig. Es war eine schöne klare Nacht, die Sterne glänzten über ihm. Der kleine Vorgarten lag vor seinen Augen, vom Gitter umschlossen, aber weder im Garten noch auf der Straße war eine Menschenseele zu erblicken. Mit einem Seufzer der Erleichterung blickte Ferrier nach rechts und nach links . . . schließlich sah er zu seinem größten Erstaunen vor seinen Füßen einen Mann mit ausgestreckten Armen und Beinen auf dem Boden liegen.

Der Anblick erschreckte ihn derart, daß er gegen die Wand taumelte und mit der Hand den Mund bedeckte, um einen Schrei zu unterdrücken. Sein erster Gedanke war, daß es sich um einen sterbenden Menschen handle, doch dann sah er, daß der Mann mit der Behendigkeit und Lautlosigkeit einer Schlange vom Garten in die Halle kroch. Dort sprang er auf die Füße, schloß hinter sich die Tür, und der erstaunte Farmer erkannte das kühne, entschlossene Gesicht Jefferson Hopes.

»Großer Gott!« stieß Ferrier hervor. »Hast du mich erschreckt! Wieso kommst du denn so angeschlichen?«

»Gib mir etwas zu essen!« erwiderte der andere heiser.

»Seit achtundvierzig Stunden habe ich keinen Bissen mehr zu mir genommen, ich hatte keine Zeit.« Er stürzte sich auf das kalte Fleisch und Brot, das noch vom Abendessen auf dem Tisch stand und verschlang es gierig. »Wie geht es Lucy?« fragte er, nachdem er seinen Hunger gestillt hatte.
»Verhältnismäßig gut. Sie kennt die Größe der Gefahr nicht«, antwortete der Vater.
»Ein Glück. Das Haus wird von allen Seiten bewacht, darum bin ich herangeschlichen. Die können so scharf aufpassen, wie sie wollen, aber sie sind nicht geschickt genug, um einen Nevada-Jäger zu fangen.«
Ferrier, der sich nun nicht mehr allein fühlte und gänzlich umgewandelt war, schüttelte die harte Hand des jungen Mannes. »Ich bin stolz auf dich, nicht viele gibt es, die gekommen wären, um Not und Gefahr mit uns zu teilen.«
»Ich muß zugeben, Vater«, entgegnete der junge Jäger, »ich schätze dich zwar sehr, aber für dich allein hätte ich es mir zweimal überlegt, ob ich meinen Kopf in dieses Wespennest stecken würde. Ich komme Lucys wegen hierher, und ihr wird erst dann etwas zustoßen, nachdem es in Utah einen Hope weniger gibt.«
»Was sollen wir tun?«
»Morgen ist euer letzter Tag, und wenn ihr nicht noch heute nacht etwas unternehmt, seid ihr verloren. In der Adlerschlucht stehen ein Maultier und zwei Pferde. Wieviel Geld hast du?«
»Zweitausend Dollar in Gold und fünftausend in Noten.«
»Das genügt. Ich habe ebensoviel. Wir müssen durch die Berge nach Carson City. Wecke Lucy. Ein Glück, daß die Dienstboten nicht im Haus schlafen.«
Während Ferrier seine Tochter weckte, packte Jefferson alle Eßwaren, die er fand, in ein kleines Bündel und

füllte einen irdenen Krug mit Wasser, denn er wußte aus Erfahrung, daß es im Gebirge nur wenige, weit auseinanderliegende Quellen gab. Er hatte kaum diese Vorbereitungen beendet, als Ferrier mit seiner Tochter kam, beide zum Aufbruch gerüstet. Die Begrüßung der zwei Liebenden war herzlich, aber kurz, denn jede Minute war kostbar, es gab noch so viel zu tun.
»Wir müssen sofort aufbrechen«, erklärte Jefferson flüsternd, aber entschlossen; er war sich der Größe der Gefahr bewußt, war aber gewillt, ihr zu trotzen. »Die Vorder- und die Hintertür sind bewacht; wir müssen vorsichtig durchs Fenster an der Seitenfront klettern und dann durch die Felder bis zur Straße kriechen. Von dort haben wir nur drei Kilometer bis zur Schlucht, wo die Pferde stehen. Bei Tagesanbruch müssen wir schon halbwegs durch die Berge sein.«
»Aber wenn wir angehalten werden?« fragte Ferrier.
Hope klopfte auf den Griff seines Revolvers, der unter seiner Jacke hervorragte. »Wenn es viele sind, werden wir zwei oder drei mit uns nehmen!« erwiderte er mit finsterem Lächeln.
Sie hatten die Lichter im Haus ausgelöscht, und von dem dunklen Fenster aus spähte Ferrier über die Felder, die sein Eigentum waren und die er nun für immer verlassen sollte. Er hatte sich jedoch schon seit langem mit diesem Opfer vertraut gemacht, und der Gedanke an die Ehre und das Glück seiner Tochter verdrängte jedes Bedauern über den Verlust seines Vermögens. Alles sah so friedlich und ruhig aus, die rauschenden Bäume, das im Winde wogende Korn; es war kaum glaublich, daß draußen Mord lauerte. Doch das blasse Gesicht des jungen Jägers zeigte, daß er auf dem Weg zum Haus genügend gesehen hatte, was jeden Zweifel ausschloß.
Ferrier trug den Beutel mit dem Gold und den Banknoten, Jefferson die kärglichen Nahrungsmittel und das

Wasser und Lucy ein kleines Bündel mit ihren liebsten Besitztümern. Nachdem sie ganz langsam und vorsichtig das Fenster geöffnet hatte, warteten sie, bis eine dunkle Wolke die Sterne bedeckte, dann kletterten sie hintereinander in den kleinen Garten. Gebückt, mit verhaltenem Atem schlichen sie zur Hecke, in deren Schutz sie bis zu einer Lücke krochen, die zum Kornfeld führte. Als sie sich gerade an dieser Stelle befanden, packte der junge Mann die beiden und drückte sie in den Schatten der Hecke, wo sie mäuschenstill und zitternd liegenblieben.
Jeffersons durch die Jagd geübtes Ohr hatte ein Geräusch vernommen, und kaum hatten sie sich niedergekauert, als einige Meter vor ihnen der melancholische Ruf einer Nachtschwalbe erscholl, der sofort aus einiger Entfernung erwidert wurde. Und jetzt sahen sie auch den Schatten eines Mannes an der Lücke auftauchen, durch die sie hatten schlüpfen wollen, dem ein zweiter Schatten folgte.
»Morgen um Mitternacht«, sagte der erste, der der Führer zu sein schien, »wenn die Nachtschwalbe dreimal ruft.«
»Gut!« erwiderte der andere. »Soll ich Bruder Drebber Bescheid sagen?«
»Ja, sag es ihm, und er soll es den andern weitergeben: Neun zu sieben!«
»Sieben zu fünf!« entgegnete der andere, und die zwei Gestalten verschwanden in entgegengesetzter Richtung. Ihre letzten Worte waren offensichtlich das Losungswort gewesen. Sobald ihre Schritte in der Ferne verhallten, sprang Jefferson auf, er und seine Gefährten rannten, so schnell sie nur konnten, durch die Felder, dabei stützte er das Mädchen, wenn ihre Kräfte zu versagen drohten.
»Rasch! Rasch!« flüsterte er, ab und zu keuchend. »Wir

sind noch in ihrer Postenlinie. Rasch, oder wir sind verloren!«
Auf der Landstraße kamen sie jetzt schnell voran. Nur einmal begegneten sie einem Menschen, doch es gelang ihnen, vorher in ein Feld zu schlüpfen und ungesehen zu bleiben. Vor der Stadt schlug der Jäger einen schmalen Fußpfad ein, der zum Gebirge führte. Zwei dunkle, zerklüftete Berge türmten sich über ihnen in der Finsternis, der Durchgang zwischen ihnen war die Adlerschlucht, in der die Pferde standen. Mit untrüglichem Instinkt fand Jefferson in einem ausgetrockneten Flußbett den Weg zwischen den riesigen Felsen; schließlich kamen sie zu einem Felshang, wo die Tiere warteten. Das Mädchen wurde auf das Maultier gesetzt, der alte Ferrier bestieg mit seinem Geldbeutel das eine Pferd, während Jefferson das andere den gefährlichen, steilen Pfad entlang an der Leine führte.
Rechts von ihnen stieg steil, finster, drohend eine mehrere hundert Meter hohe Felswand empor mit langen Felssäulen, die wie die Rippen eines versteinerten vorsintflutlichen Ungeheuers wirkten. Auf der anderen Seite versperrte ein wildes Chaos von Felsblöcken und Geröll den Weg. Dazwischen verlief ein Ziegenpfad, stellenweise so schmal, daß sie ihn nur einzeln passieren konnten, und so rauh, daß nur geübte Reiter durchkommen konnten. Doch trotz aller Gefahren und Schwierigkeiten empfanden die Flüchtlinge ein Gefühl der Erleichterung, denn jeder Schritt vergrößerte die Entfernung zwischen ihnen und dem fürchterlichen Despotismus, vor dem sie flohen.
Doch bald erhielten sie den Beweis, daß sie sich noch immer im Machtbereich der »Heiligen« befanden. Sie waren gerade zum wildesten und ödesten Teil des Passes gelangt, als das Mädchen einen Schreckensruf ausstieß und nach oben deutete. Auf einem Felsen hob

sich deutlich gegen den Himmel eine dunkle Gestalt ab, ein Wachtposten. Er hatte sie auch schon bemerkt, und sein militärischer Ruf »Wer da?« scholl durch die stille Schlucht.

»Reisende nach Nevada!« antwortete Jefferson und griff nach seinem Gewehr, das am Sattel hing.

Sie sahen, daß der Mann ebenfalls sein Gewehr packte, die Antwort schien ihn nicht zu befriedigen.

»Mit wessen Erlaubnis?« fragte er.

»Der Heiligen Vier!« erwiderte Ferrier. Auf Grund seiner Erfahrungen bei den Mormonen wußte er, daß dies die höchste Autorität war.

»Neun zu sieben!« rief der Posten.

»Sieben zu fünf!« antwortete prompt Jefferson, sich des Losungswortes, das er im Garten gehört hatte, bedienend.

»Passiert – der Herr sei mit euch!« ertönte die Stimme von oben.

Bald verbreiterte sich der Pfad, und die Pferde schritten schneller aus. Zurückblickend sahen die Flüchtlinge den einsamen Wachtposten, auf sein Gewehr gestützt, und sie wußten, daß sie die äußere Postenlinie des Auserwählten Volkes hinter sich hatten und daß vor ihnen die Freiheit lag.

5

Die ganze Nacht hindurch führte sie ihr Weg durch zerklüftete Felsen und verschlungene Pfade. Als der Morgen anbrach, lag eine herrliche, wenn auch wilde Landschaft vor ihnen. Sie waren eingeschlossen von hohen schneebedeckten Gipfeln, die hintereinander bis zum fernen Horizont zu ragen schienen. Die Felswände zu beiden Seiten waren derart steil, daß die Lärchen- und Fichtenbäume über ihren Köpfen zu hängen schienen und man das Gefühl hatte, ein Windstoß würde genügen, sie auf ihre Köpfe herabzustürzen. Diese Befürchtungen waren gar nicht so unbegründet, denn das kahle Tal war mit Baumstämmen und Felsen übersät, die heruntergepoltert waren. Einmal kam gerade hinter ihnen ein Felsblock mit donnerndem Gepolter heruntergerollt, das ein Echo in der stillen Schlucht weckte und die müden Pferde derart erschreckte, daß sie in Galopp fielen.

Als die Sonne langsam im Osten hochstieg, leuchteten die Gipfel der Bergriesen nacheinander auf. Dieses herrliche Schauspiel erfreute die drei Flüchtlinge und flößte ihnen neuen Mut ein. An einem wilden Gebirgsbach, der aus einer Schlucht hervorbrauste, machten sie halt, tränkten ihre Tiere und nahmen einen hastigen Imbiß ein. Lucy und ihr Vater hätten gerne die Ruhepause verlängert, doch Jefferson war unerbittlich. »Sie sind jetzt schon hinter uns her«, erklärte er. »Alles hängt von unserer Geschwindigkeit ab. Wenn wir erst einmal in Carson City sind, können wir uns für den Rest unseres Lebens ausruhen.«

Den ganzen Tag hindurch bahnten sie sich mühevoll ihren Weg durch die Schluchten, und am Abend schätzten sie, daß sie nun über fünfzig Kilometer von ihren Feinden entfernt seien. Bei Einbruch der Nacht suchten sie erschöpft unter einem vorspringenden Felsen Schutz vor dem eisigen Wind und genossen dort, dicht aneinandergedrängt, einige Stunden Schlaf. Vor Tagesanbruch standen sie jedoch schon wieder auf und zogen weiter. Da sie keine Anzeichen von Verfolgung bemerkt hatten, begann Jefferson zu hoffen, daß sie bereits außer Reichweite jener grauenhaften Organisation seien, deren Feindschaft sie sich zugezogen hatten.

Am zweiten Tag ihrer Flucht war ihr geringer Vorrat an Nahrungsmitteln aufgebraucht. Das machte dem Jäger wenig Sorge, denn es gab genug Wild im Gebirge, und er hatte sich schon oft durch sein Gewehr die nötige Nahrung verschaffen müssen. Er suchte eine geschützte Stelle auf, schichtete trockne Äste aufeinander und zündete ein loderndes Feuer an, an dem sich seine beiden Schützlinge wärmen konnten. Nachdem er die Pferde angebunden und sich von Lucy verabschiedet hatte, schulterte er das Gewehr und machte sich auf den Weg, um sein Jagdglück zu versuchen.
Er wanderte mehrere Kilometer durch einige Schluchten, ohne Erfolg, obwohl er an den Baumrinden und anderen Anzeichen erkannte, daß es in der Gegend viele Bären geben mußte. Nach zwei bis drei Stunden fruchtlosen Suchens dachte er schon daran, zurückzukehren, als er plötzlich voll wilder Freude sah, daß etwa hundert Meter über ihm auf einem Felsvorsprung ein Tier stand, das einem Schaf glich, aber ein Paar riesige Hörner trug. Es war ein Gemsbock. Glücklicherweise blickte das Tier in die entgegengesetzte Richtung, so daß es den Jäger nicht bemerkte. Er legte sich nieder, stützte das Gewehr auf einen Steinblock, zielte sorgfältig und drückte ab – das Tier machte einen Sprung, taumelte einen Augenblick am Rande des Abgrundes und stürzte dann jäh in die Tiefe.
Da die Beute zu schwer war, begnügte sich Jefferson damit, einige Rippen und Schenkelstücke des Tieres abzuschneiden. Mit dieser Trophäe über der Schulter trat er eilig den Rückweg an, denn der Abend dämmerte bereits. Doch bald mußte er zu seinem Schrecken erkennen, daß er in seinem Jagdeifer über die ihm bekannte Gegend hinausgegangen war, und er vermochte kaum den Pfad wiederzufinden, den er genommen hatte. Das Tal war in viele Schluchten geteilt, die einander so

ähnelten, daß es fast unmöglich war, sie voneinander zu unterscheiden. Er wanderte etwa zwei, drei Kilometer, bis er zu einem Bergbach kam, der ihm jedoch unbekannt war. Er versuchte nun einen anderen Pfad, aber bald mußte er sich überzeugen, daß er sich wieder verirrt hatte. Die Nacht brach nun rasch herein, und es war bereits fast finster, als er sich schließlich in einer Schlucht befand, die ihm bekannt vorkam. Doch auch dann war es nicht leicht, den richtigen Pfad einzuhalten, denn der Mond war noch nicht aufgegangen, und die hohen Felsen zu beiden Seiten vermehrten zudem die Finsternis. Übermüdet stolperte er unter seiner schweren Last einher, nur der Gedanke hielt ihn aufrecht, daß jeder Schritt ihn näher zu Lucy brachte und daß er genügend Nahrung für den Rest ihrer Reise mit sich führte.

Nun war er am Eingang der Schlucht angelangt, in der er sie zurückgelassen hatte. Trotz der Finsternis konnte er die Felsen, die die Schlucht einschlossen, erkennen. Er sagte sich, daß Lucy und ihr Vater ihn sehnsüchtig erwarten müßten, denn er war fast fünf Stunden unterwegs gewesen. Voller Freude legte er die Hände an den Mund und stieß, um seine glückliche Rückkehr zu verkünden, ein lautes Hallo aus, dessen Echo mehrmals widerhallte. Er blieb stehen und erwartete lauschend die Antwort . . . nur das Echo seines eigenen Rufes dröhnte in der Stille der öden Schluchten. Wieder rief er, noch lauter als zuvor, und wieder hörte er nichts von den Lieben, die er vor erst so kurzer Zeit verlassen hatte. Ein unheilkündendes Gefühl des Entsetzens befiel ihn . . . er stürmte vorwärts, in seiner Aufregung ließ er die kostbare Beute fallen.

Als er um eine Ecke bog, lag die Stelle vor ihm, wo das Feuer gebrannt hatte. Noch glühte ein Haufen Asche, doch seit seinem Fortgang war offensichtlich nicht mehr nachgelegt worden. Todesschweigen herrschte ringsum. Nun war seine ungewisse Furcht zur Gewißheit geworden . . . kein Lebewesen war zu erblicken: Tiere, Mann, Mädchen, alle waren fort! Es war nur zu klar, daß während seiner Abwesenheit plötzlich eine Katastrophe eingetreten war – eine Katastrophe, die sie alle mitgerissen und keine Spur von ihnen hinterlassen hatte.

Jefferson war wie vom Schlag getroffen. Doch als Mann der Tat überwand er aber rasch sein Entsetzen. Er nahm ein noch glühendes Holz vom schwelenden Feuer, fachte es damit zu lodernden Flammen an und suchte nun den Lagerplatz ab: Der Boden war von vielen Pferdehufen zerstampft, ein Zeichen, daß eine große Reiterschar die Flüchtlinge eingeholt hatte, und die Richtung ihrer Spuren zeigte, daß sie nach Salt Lake City zurückgekehrt waren. Hatten sie seine beiden Lieben mitgenommen? Jefferson sagte sich, daß das wahrscheinlich der Fall wäre, als seine Blicke auf einen Gegenstand fielen. Jeder Nerv in ihm zitterte – abseits vom Lagerplatz war ein niedriger Erdhaufen, der sich bestimmt vor seinem Aufbruch nicht dort befunden hatte. Zweifellos konnte es sich nur um einen frischen Grabhügel handeln. Der junge Mann trat hinzu und sah, daß ein Ast in dem Hügel steckte, an den ein Blatt Papier geheftet war – die Inschrift war kurz, aber deutlich:

John Ferrier aus Salt Lake City,
gestorben am 4. August 1860.

Verzweifelt blickte sich Jefferson nach einem zweiten Grab um, fand es aber nicht – Lucy war von ihren grausamen Verfolgern zurückgeschleppt worden, um das ihr zugedachte Los zu erdulden, dieses grauenvolle Los, dem Sohn eines Ältesten als Frau in seinen Harem zu folgen. Als sich der junge Mann der Gewißheit ihres

Schicksals und seiner Machtlosigkeit bewußt wurde, wünschte er, daß auch er neben dem alten Mann zur letzten Ruhe gebettet läge.
Doch bald riß ihn sein Tätigkeitsdrang aus der dumpfen Verzweiflung. Wenn er auch sonst nichts tun konnte, aber rächen wollte er sich. Neben unendlicher Geduld und Ausdauer besaß Jefferson auch eine nicht zu bezähmende Rachsucht, eine Eigenschaft, die wohl von den Indianern, unter denen er so lange gelebt hatte, stammte. Als er bei dem erlöschenden Feuer stand, empfand er, daß die einzige Linderung für seinen Schmerz nur in blutiger Vergeltung bestand, die er mit eigener Hand seinen Feinden zufügen mußte. Seinen eisernen Willen und seine unermüdliche Energie wollte er von nun an nur diesem einzigen Ziel widmen. Mit grimmigem, bleichem Gesicht ging er das Wildbret holen, das er hatte fallen lassen, kehrte zum Lagerplatz zurück, entfachte das Feuer und bereitete sich Nahrung für die nächsten Tage. Dann machte er sich ungeachtet seiner Müdigkeit auf den Rückweg durch die Berge, der Spur der »Rächenden Engel« folgend.
Fünf Tage hindurch schleppte er sich müde, wundgelaufen durch die Schluchten, die er erst vor kurzem hinaufgeritten war. In der Nacht legte er sich zwischen den Felsen nieder, um ein paar Stunden zu schlafen, doch noch vor Tagesgrauen setzte er seine Wanderung fort. Am sechsten Tag kam er zur Adlerschlucht, von wo aus ihre unglückselige Flucht begonnen hatte; müde und erschöpft stützte er sich auf sein Gewehr und schüttelte drohend seine Faust gegen die »Stadt der Heiligen«, die ausgebreitet zu seinen Füßen lag. Er überlegte gerade, was er tun sollte, als er das Geklapper von Pferdehufen hörte und einen Mann auf sich zureiten sah. Bald erkannte er in ihm einen Mormonen namens Cowper, dem er früher manche Dienste erwie-

sen hatte, und er sprach ihn an: »Ich bin Jefferson Hope, Ihr kennt mich doch?«
Der Mormone blickte ihn mit unverhülltem Staunen an – es war wirklich schwierig, in diesem zerlumpten, verwilderten Wanderer mit dem ausgemergelten bleichen Gesicht und den unheimlich rollenden Augen den schmucken jungen Jäger von einst wiederzuerkennen. Sobald es Cowper jedoch klar wurde, wen er vor sich hatte, verwandelte sich seine Überraschung in Bestürzung.
»Seid Ihr wahnsinnig, hierherzukommen?« rief er. »Mein Leben ist verwirkt, wenn man mich nur mit Euch sprechen sieht. Die ›Heiligen Vier‹ haben einen Steckbrief gegen Euch wegen Beihilfe zur Flucht der Ferriers erlassen.«
»Ich fürchte weder die ›Vier‹ noch ihren Steckbrief«, erwiderte Hope. »Ihr müßt Bescheid wissen, Cowper. Ich beschwöre Euch bei allem, was Euch lieb und wert ist, mir Auskunft zu geben. Wir waren doch stets Freunde. Um Gottes willen, weigert Euch nicht, mir zu antworten!«
»Was ist denn?« fragte der Mormone ängstlich. »Aber macht rasch – hier haben die Felsen Ohren und die Bäume Augen.«
»Was ist mit Lucy Ferrier geschehen?«
»Gestern fand ihre Hochzeit mit dem jungen Drebber statt . . . Faßt Euch, Mann, faßt Euch – Ihr seid ja bleich wie der Tod.«
»Kümmert Euch nicht um mich«, stammelte Jefferson. Er war auf dem Felsblock niedergesunken, an den er sich gelehnt hatte. »Verheiratet, sagt Ihr?«
»Jawohl, gestern. Darum ist der Tempel beflaggt. Es hatte einen Streit zwischen dem jungen Drebber und dem jungen Stangerson gegeben, wer von beiden sie haben sollte. Beide hatten an der Verfolgung teilgenom-

men, und Stangerson hat ihren Vater niedergeschossen, somit glaubte er ein größeres Anrecht zu haben. Doch bei der Ratssitzung stellte sich Drebbers Partei als die stärkere heraus, und so entschied der Prophet zu seinen Gunsten. Aber keiner wird sie lange haben, denn ich sah gestern, daß ihr Gesicht vom Tode gezeichnet ist; sie glich mehr einem Gespenst als einer Frau . . . Das beste ist, Ihr macht Euch sogleich auf und davon.«

»Jawohl, das werde ich tun«, erwiderte Jefferson, der sich erhoben hatte. Sein Gesicht schien aus Stein gehauen, so hart war sein Ausdruck, seine Augen glühten drohend.

»Wo geht Ihr hin?«

»Das ist gleich!« antwortete er. Er nahm sein Gewehr auf die Schulter, wanderte die Schlucht hinauf, den Bergen zu, wo die wilden Tiere hausen – unter ihnen gab es keines, das so wild und gefährlich war wie er.

Die Prophezeiung des Mormonen erfüllte sich nur zu bald. Ob es der Schmerz um den grauenhaften Tod ihres Vaters oder der Abscheu vor der verhaßten Ehe war, zu der man sie gezwungen hatte, weiß man nicht, jedenfalls siechte die arme Lucy dahin und starb schon vor Ablauf eines Monats. Ihr tölpelhafter Gatte, der sie hauptsächlich John Ferriers Besitzes wegen geheiratet hatte, zeigte nur wenig Kummer über diesen Verlust; aber seine anderen Frauen trauerten ihr nach und hielten die Nacht vor dem Begräbnis nach Mormonensitte die Totenwache. In den frühen Morgenstunden, als sie um den Sarg saßen, wurde zu ihrem namenlosen Staunen und Schrecken plötzlich die Tür aufgerissen . . . ein wildblickender, von Wind und Wetter mitgenommener Mann in zerlumpter Kleidung trat in das Zimmer. Ohne sich um die ängstlich in eine Ecke gedrückten Frauen zu kümmern, schritt er auf die schweigend daliegende weiße Gestalt zu. Er beugte sich über sie, preßte ehrfürchtig die Lippen auf ihre kalte Stirn, dann hob er ihre Hand und zog den Ehering von ihrem Finger. »Damit soll sie nicht begraben werden!« rief er wild und höhnisch, und bevor noch Alarm geschlagen werden konnte, war er die Treppe hinuntergestürmt und verschwunden. Das alles spielte sich so rasch ab, daß die Zeugen kaum ihren Augen glauben wollten und es ihnen schwer gefallen wäre, andere von der Wahrheit des Vorfalles zu überzeugen, wenn nicht der Ehering gefehlt hätte. Einige Monate hindurch strich Jefferson in den Bergen umher, ein seltsames, wildes Dasein führend, das Rachegefühl in seinem Herzen wurde täglich stärker. In der Stadt wurde viel von einer unheimlichen Gestalt gesprochen, die man in den Außenbezirken und in einsamen Bergschluchten herumgeistern sah. Einmal pfiff eine Kugel durch Stangersons Fenster und schlug nahe bei seinem Kopf in die Wand. Ein anderes Mal, als Drebber durch eine Schlucht ging, rollte ein großer Felsblock auf ihn hinunter, und er entging einem schrecklichen Tod nur dadurch, daß er sich zu Boden warf. Die beiden Mormonen waren sich bald im klaren über die Ursache dieser Anschläge auf ihr Leben, und sie veranstalteten unter ihrer Führung mehrere Expeditionen in die Berge, um ihren Feind zu fangen oder zu töten, doch jedesmal ohne Erfolg. Von nun an hüteten sie sich, allein oder nach Einbruch der Dunkelheit auszugehen, und ließen ihre Häuser scharf bewachen. Nach einiger Zeit milderten sie diese Vorsichtsmaßnahmen, denn ihr Feind ließ sich weder sehen noch hören, und sie hofften, daß die Zeit seine Rachsucht abgekühlt hätte . . .

Aber das Gegenteil war der Fall, Jeffersons einziger Lebenszweck war und blieb die Rache. Seine Vernunft sagte ihm jedoch, daß er trotz seiner eisernen Konstitution dieses entbehrungsreiche Dasein auf die Dauer nicht durchhalten könne; Mangel an gesunder Nahrung und die Unbilden der Witterung zehrten an seinen Kräften. Wenn er wie ein Hund in den Bergen krepierte, was sollte aus seiner Rache werden? Und es war sicher, daß er sterben würde, wenn er seine Lebensweise nicht änderte. Da er nicht wollte, daß seine Feinde triumphierten, kehrte er widerstrebend zur alten Mine in Nevada zurück, um sich dort zu kräftigen und genügend Geld zu erwerben, damit er sein Rachewerk ohne gefährliche Entbehrungen fortzusetzen vermöchte.

Er hatte die Absicht gehabt, höchstens ein Jahr fortzubleiben, doch infolge unvorhergesehener Umstände mußte er beinahe fünf Jahre auf der Mine bleiben. Aber auch nach dieser Zeit war die Erinnerung an die von seinen Feinden verübten Schandtaten und die Rachsucht ebenso stark in ihm wie in jener denkwürdigen Nacht, da er an John Ferriers Grab gestanden hatte. Verkleidet und unter falschem Namen kehrte er nach Salt Lake City zurück, um ohne Furcht um sein eigenes Leben Gerechtigkeit zu üben. Doch dort erhielt er ungünstige Nachrichten: einige Monate zuvor hatte es in dem »Auserwählten Volk« eine Spaltung gegeben, einige der jüngeren Gemeindemitglieder hatten sich gegen die Autorität der Ältesten aufgelehnt, und schließlich waren zahlreiche Unzufriedene in einer Gruppe von Utah ausgezogen und »Heiden« geworden. Zu diesen gehörten Drebber und Stangerson; niemand wußte jedoch, wohin sie sich gewandt hatten. Es hieß, es sei Drebber gelungen, einen großen Teil seines Besitzes zu Geld zu machen, und er sei als ein reicher Mann fortgezogen während sein Kumpan Stangerson verhältnismäßig arm das Feld geräumt habe.

Angesichts solcher Schwierigkeiten hätten die meisten Menschen, so rachsüchtig sie auch sein mögen, den Gedanken an Rache aufgegeben, aber Jefferson

schwankte nicht eine Sekunde. Mit den geringen Mitteln, die er besaß, und jede Arbeit , die sich ihm bot, verrichtend, suchte er die Vereinigten Staaten von Stadt zu Stadt nach seinen Feinden ab. Jahre vergingen, sein schwarzes Haar wurde grau, aber noch immer wanderte er umher wie ein Bluthund auf der Fährte, um das Ziel zu erreichen, dem er sein Leben geweiht hatte. Schließlich wurde seine Ausdauer belohnt: Eines Tages sah er in Cleveland im Staate Ohio für einen flüchtigen Augenblick ein Gesicht in einem Fenster, doch dieser eine Blick genügte, er wußte, daß sich hier in der Stadt die Männer befanden, die er suchte. Er kehrte in seine elende Behausung zurück, sein Racheplan war bereit. Zufällig hatte aber Drebber von dem Fenster aus den Strolch auf der Straße erblickt und sofort seinen Todfeind erkannt. In Begleitung von Stangerson, der sein Privatsekretär geworden war, eilte er zum Friedensrichter und ersuchte ihn um Schutz gegen einen alten Nebenbuhler, der ihnen aus Haß und Eifersucht nach dem Leben trachte. Noch am selben Abend wurde Jefferson verhaftet, und da er keine Kaution zu stellen vermochte, hielt man ihn einige Wochen fest. Als er schließlich freigelassen wurde und sich sofort zu Drebbers Haus begab, mußte er feststellen, daß dieser samt seinem Sekretär nach Europa abgereist war.
Wieder war der Rächer genarrt worden, und wieder drängte ihn sein angesammeltes Haßgefühl, die Suche fortzusetzen. Doch es fehlten ihm die Mittel, wieder mußte er einige Zeit arbeiten und jeden Dollar für seine beabsichtigte Reise sparen. Nachdem er schließlich genügend zusammengekratzt hatte, reiste er nach Europa und verfolgte die Spur seiner Feinde von Land zu Land, von Stadt zu Stadt, sich seinen Lebensunterhalt mit Gelegenheitsarbeiten verdienend; aber nie gelang es ihm, die Flüchtlinge einzuholen – als er nach Peters-

burg kam, waren sie nach Paris abgereist, und als er ihnen dorthin folgte, erfuhr er, daß sie gerade nach Kopenhagen aufgebrochen waren. Auch in die dänische Hauptstadt kam er einige Tage zu spät, denn sie waren nach London abgereist, wo es ihm endlich gelang, ihrer habhaft zu werden. Über die dortigen Geschehnisse geben wir am besten den eigenen Bericht des alten Jägers wieder, den Dr. Watson aufgezeichnet hat.

6

Trotz des wütenden Widerstandes unseres Gefangenen schien er uns nicht feindlich gesinnt zu sein, denn als ihm klar wurde, daß er hilflos war, erklärte er freundlich lächelnd, er hoffe, daß er keinen von uns bei dem Kampf verletzt habe.

»Ich nehme an, daß Sie mich der Polizei übergeben«, sagte er zu Holmes. »Mein Wagen steht vor der Tür. Wenn Sie mir die Fesseln von den Beinen lösen, gehe ich hinunter – ich bin nicht mehr solch ein Leichtgewicht wie früher.«

Gregson und Lestrade tauschten zweifelnde Blicke, doch Holmes verließ sich auf das Wort des Gefangenen und befreite ihn von dem Tuch, mit dem er seine Knöchel gefesselt hatte. Der Mann stand auf und streckte seine Beine, als wolle er sich versichern, daß sie wieder frei seien. Während ich ihn musterte, dachte ich, noch selten einen kräftigeren Menschen gesehen zu haben. Sein dunkles, sonnengebräuntes Gesicht drückte eine Energie und eine Entschlossenheit aus, ebenso furchteinflößend wie seine körperliche Stärke.

»Wenn der Posten des Polizeichefs frei werden sollte, sind Sie nach meiner Ansicht der geeignete Mann

dafür«, erklärte er, mit unverhohlener Bewunderung meinen Mitbewohner anschauend. »Wie Sie mir auf der Spur blieben, war einfach ein Meisterstück.«
»Sie kommen doch mit mir«, wandte sich Holmes an die beiden Detektive.
»Ich werde kutschieren«, sagte Lestrade.
»Gut! Gregson kann zu mir in den Wagen kommen, Sie auch, Doktor. Sie haben sich für den Fall so interessiert, daß Sie auch das Ende erleben sollen.«
Ich stimmte gerne zu, und wir gingen zusammen hinunter. Unser Gefangener machte keinen Fluchtversuch, sondern stieg ruhig in seinen Wagen, und wir folgten ihm. Lestrade kletterte auf den Kutschbock, gab dem Pferd die Peitsche und brachte uns in kurzer Zeit zu unserem Bestimmungsort. In einem kleinen Raum nahm ein Polizeiinspektor die Personalien des Gefangenen auf und notierte die Namen der Männer, deren Ermordung ihm zur Last gelegt wurde. Der Inspektor, ein blasser, uninteressiert dreinblickender Mann, führte diese Formalitäten mechanisch durch.
»Der Gefangene wird noch im Laufe der Woche dem Untersuchungsrichter vorgeführt«, erklärte er. »Wünschen Sie, Mr. Jefferson Hope, vorher noch eine Erklärung abzugeben? Ich muß Sie aber darauf aufmerksam machen, daß Ihre Aussagen zu Protokoll genommen und gegen Sie verwandt werden können.«
»Ich habe sehr vieles zu erklären«, erwiderte unser Gefangener langsam. »Ich möchte Ihnen, Gentlemen, alles erzählen.«
»Wäre es nicht besser, wenn Sie diese Erklärungen dem Untersuchungsrichter abgäben?« fragte der Inspektor.
»Das wird vielleicht nicht möglich sein«, entgegnete Hope. »Sie brauchen nicht so erstaunt dreinzublicken. Ich denke nicht an Selbstmord . . . Sind Sie nicht Arzt?«
Bei dieser Frage richtete er seine ungestümen dunklen

Augen auf mich.
»Ja«, antwortete ich.
»Dann fassen Sie hierher«, sagte er lächelnd und wies mit seinen gefesselten Händen auf seine Brust.
Ich tat es: sein Herz klopfte wild und heftig, sein Brustkorb zitterte und bebte.
»Aber Sie haben ja eine schwere Herzgefäßerweiterung!« rief ich.
»Ja, so hat man das genannt«, sagte er gelassen. »Letzte Woche bin ich beim Arzt gewesen, und er hat mir gesagt, daß ich bald an einem Herzschlag sterben werde. Es ist von Jahr zu Jahr schlimmer geworden, ich habe mir das durch Überanstrengung und Unterernährung in den Bergen geholt. Da ich jetzt mein Ziel erreicht habe, ist es mir gleich, wann es mit mir zu Ende geht, aber ich möchte doch vorher alles berichten. Ich möchte nicht, daß man mich für einen gewöhnlichen Mörder hält.«
Der Inspektor und die beiden Detektive erörterten rasch, ob sie ihm erlauben sollten, seine Geschichte zu berichten.
»Glauben Sie, Herr Doktor, daß unmittelbare Lebensgefahr droht?« fragte schließlich der Inspektor.
»Ganz gewiß«, antwortete ich.
»Dann ist es im Interesse der Justiz zweifellos unsere Pflicht, seine Erklärungen entgegenzunehmen«, sagte der Inspektor. »Also reden Sie, Mr. Hope, aber ich mache Sie noch einmal darauf aufmerksam, daß Ihre Aussagen zu Protokoll genommen werden.«
»Mit Ihrer Erlaubnis setze ich mich«, sagte der Gefangene und nahm Platz. »Dieser Herzfehler macht mich immer leicht müde. Ich stehe am Rande des Grabes, ich werde Sie also nicht anlügen. Jedes Wort, das ich sage, ist reine Wahrheit, was Sie mit dieser Wahrheit anfangen, ist mir gleichgültig.«

Mit diesen Worten lehnte sich Jefferson Hope auf seinen Stuhl zurück und begann nachstehenden erstaunlichen Bericht. Er sprach ruhig, methodisch, als seien die Begebnisse, die er erzählte, etwas ganz Alltägliches. Ich kann für die Genauigkeit des Berichtes bürgen, denn ich habe Lestrades Aufzeichnungen zur Hand, der jedes Wort des Gefangenen mitstenographiert hatte.

»Es wird Sie nicht sehr interessieren, warum ich diese Männer haßte; es genügt, daß sie den Tod zweier Menschen – eines Vaters und seiner Tochter – auf dem Gewissen hatten und sie somit ihr Leben verwirkt hatten. Da seit ihrem Verbrechen eine sehr lange Zeit verstrichen ist, war es für mich unmöglich, bei irgendeinem Gericht ihre Verurteilung zu erwirken. Weil ich jedoch ihre Schuld kannte, beschloß ich, Richter, Geschworener und Henker in einer Person zu sein. Sie an meiner Stelle hätten das gleiche getan, wenn Sie Männer sind.

Mit dem Mädchen, von dem ich sprach, war ich vor zwanzig Jahren verlobt. Dieser Drebber zwang sie, ihn zu heiraten, und darüber ist ihr das Herz gebrochen. Ich zog den Ehering von ihrem Finger, als sie im Sarg lag, und ich schwor, daß seine Augen in seiner Todesstunde diesen Ring sehen sollten, daß seine letzten Gedanken dem Verbrechen gelten sollten, für das er gestraft wird. Ich habe diesen Ring mit mir herumgetragen und habe Drebber und seinen Komplizen in zwei Erdteilen kreuz und quer verfolgt, bis ich sie stellte. Die zwei glaubten, sie könnten mich müde machen, so daß ich die Verfolgung aufgäbe, aber es gelang ihnen nicht. Wenn ich morgen sterbe, was sehr leicht möglich ist, sterbe ich in dem Bewußtsein, daß ich mein Werk in dieser Welt verrichtet habe, daß ich es gut verrichtet habe. Beide sind umgekommen, beide durch meine Hand. Nun habe ich keinen Wunsch mehr.

Beide waren reich, und ich war arm, so fiel es mir nicht leicht, ihnen zu folgen. Als ich nach London kam, waren meine Taschen fast leer, und ich mußte mir meinen Lebensunterhalt verdienen. Da der Umgang mit Wagen und Pferden für mich so natürlich ist wie das Gehen, bewarb ich mich bei einem Droschkenunternehmer um eine Stellung und erhielt sie auch. Ich mußte dem Besitzer wöchentlich eine bestimmte Summe abliefern, den Überschuß durfte ich behalten. Meist handelte es sich um sehr wenig, aber mir reichte es zum Leben. Das Schwierigste für mich war, mich in der Stadt zurechtzufinden, denn ich glaube, daß dieses Häusermeer das schlimmste Labyrinth ist, das man sich vorstellen kann. Ich schaffte mir aber einen Stadtplan an, und als ich mir erst einmal die hauptsächlichsten Bahnhöfe und Hotels eingeprägt hatte, kam ich ganz gut durch.
Es dauerte einige Zeit, bis ich ausfindig machen konnte, wo die beiden feinen Herren wohnten. Sie wohnten in einer Pension in Camberwell, auf der anderen Seite des Flusses. Nun wußte ich, daß sie mir ausgeliefert waren. Da ich mir einen Bart hatte wachsen lassen, bestand keine Gefahr, daß sie mich erkennen würden. Ich wollte ihnen folgen, bis ich meine Chance sähe, ich war fest entschlossen, sie mir diesmal nicht wieder entwischen zu lassen.
Doch trotzdem wäre es ihnen beinahe gelungen. Wohin sie auch in London gingen, ich war ihnen immer auf den Fersen. Zuweilen folgte ich ihnen mit meiner Droschke, zuweilen zu Fuß, aber mit dem Wagen war es besser, denn dann konnten sie mir nicht entgehen. Ich konnte nur früh am Morgen oder spät in der Nacht etwas verdienen, so geriet ich bei meinem Chef bald in Rückstand. Doch das machte mir nichts aus, mir ging es ja nur darum, die beiden Männer nicht mehr aus den Augen zu verlieren.

Aber sie waren sehr gerissen. Sie müssen geahnt haben, daß sie verfolgt wurden, denn sie gingen nie alleine aus und nie in der Dunkelheit. Vierzehn Tage hindurch fuhr ich tagtäglich hinter ihnen her, und niemals sah ich sie einzeln. Drebber war die Hälfte der Zeit betrunken, aber Stangerson nahm sich sehr zusammen. Früh bis spät beobachtete ich sie, doch es bot sich nicht die geringste Chance. Ich ließ mich jedoch nicht entmutigen, denn ich hatte das Gefühl, daß jetzt meine Stunde nahte. Meine einzige Furcht war, daß dieses Ding in meiner Brust zu früh Schluß machen würde und meine Arbeit unverrichtet bliebe.

Schließlich, eines Abends, als ich in der Torquay Terrace – so hieß die Straße, in der sie wohnten – auf und ab fuhr, sah ich eine Droschke vor ihrer Tür haltmachen. Gepäck wurde heruntergebracht, nach einer Weile kamen auch Drebber und Stangerson, stiegen ein und fuhren davon. Ich gab meinem Pferd die Peitsche und folgte ihnen; ich fürchtete, sie würden in eine andere Gegend ziehen. Am Bahnhof Euston stiegen sie aber aus, ich gab einem Jungen Auftrag, mein Pferd zu halten, und ging hinter ihnen her auf den Perron. Dort hörte ich, daß sie sich nach dem Zug nach Liverpool erkundigten . . . der Portier sagte ihnen, daß der eine gerade abgefahren sei und daß der nächste erst in einigen Stunden führe. Stangerson schien sehr ärgerlich, Drebber hingegen freute sich – in dem Gedränge konnte ich so nahe bei ihnen stehen, daß ich jedes Wort ihrer Unterhaltung hörte. Drebber sagte, er habe noch etwas zu erledigen, Stangerson solle auf ihn warten, er käme bald wieder zurück. Der machte ihn darauf aufmerksam, daß sie doch ausgemacht hätten, zusammenzubleiben, aber Drebber erwiderte, die Angelegenheit sei delikater Natur, und so müsse er alleine gehen. Ich konnte nicht verstehen, was Stangerson darauf erwiderte, jedenfalls fing der andere an zu schimpfen und erinnerte ihn daran, daß er ja nur ein bezahlter Diener sei und sich nicht einbilden solle, er könne ihm Vorschriften machen. Daraufhin gab der Sekretär weiteren Widerspruch auf und bat Drebber, er solle, wenn er den letzten Zug versäume, zu ihm ins Hotel *Hallyday* kommen. Aber Drebber versicherte, daß er noch vor elf wieder auf dem Perron sein werde, und ging zum Bahnhof hinaus.

Der Augenblick, auf den ich so lange gewartet hatte, war endlich gekommen: ich hatte nun meine Feinde in der Hand. Gemeinsam konnten sie einander schützen, aber einzeln waren sie mir ausgeliefert. Ich handelte jedoch nicht überstürzt, mein Plan war ja bereits gefaßt. Eine Rache ist erst dann vollkommen, wenn dem Opfer zum Bewußtsein gebracht werden kann, wer den Schlag führt und warum er geführt wird. Zufällig hatte einige Tage zuvor ein Gentleman, der einige leere Häuser in der Brixton Road zu beaufsichtigen hatte, den Schlüssel eines dieser Häuser in meinem Wagen verloren. Er wurde zwar noch am Abend reklamiert und zurückerstattet, aber ich hatte in der Zwischenzeit einen Wachsabdruck davon gemacht und einen Nachschlüssel angefertigt. So hatte ich einen Winkel in dieser großen Stadt, wo ich mich vor Störungen sicher fühlen konnte. Die Schwierigkeit für mich war nun, wie ich Drebber in jenes Haus bringen sollte.

Er schlenderte die Straße hinunter, ging in eine Kneipe, dann in eine zweite, in dieser blieb er fast eine halbe Stunde. Als er herauskam, schwankte er, offensichtlich hatte er reichlich getrunken. Gerade vor mir fuhr eine Droschke, die er nahm. Ich folgte. Wir rumpelten über die Waterloo-Brücke, dann meilenweit durch verschiedene Straßen, bis wir uns schließlich zu meinem Erstaunen vor seiner Pension fanden. Ich konnte mir nicht vorstellen, weshalb er dorthin zurückkehrte. Aber ich fuhr weiter und blieb etwa hundert Schritte vom Haus entfernt stehen. Er ging hinein, seine Droschke fuhr davon . . .« Hope machte eine kleine Pause und sagte dann: »Geben Sie mir doch bitte ein Glas Wasser, mein Mund ist ganz trocken vom vielen Reden.«

Ich gab ihm ein Glas, er trank es in einem Zug aus.

»So, jetzt geht's wieder besser«, erklärte er. »Also ich wartete etwa eine Viertelstunde, als ich aus dem Innern des Hauses zornige Stimmen vernahm. Dann wurde die Tür aufgerissen, zwei Männer tauchten auf, der eine war Drebber, der andere ein junger Bursche, den ich noch nie gesehen hatte. Dieser Bursche hatte Drebber am Kragen gepackt, und oben auf der Freitreppe versetzte er ihm einen Tritt, daß er mitten auf die Straße flog. ›Du Schweinehund!‹ schrie der junge Mann und schwang drohend den Stock. ›Ich werde dich lehren, ein anständiges Mädchen zu beschimpfen!‹ Er war so wütend, daß ich dachte, er würde Drebber mit seinem Stock halbtotschlagen. Aber der Feigling machte sich taumelnd aus dem Staub, so rasch er nur konnte; er rannte bis zur Ecke, und als er dort meinen Wagen sah, rief er mich und sprang hinein. ›Hotel *Hallyday*!‹ kommandierte er. Als ich ihn nun sicher in meinem Wagen hatte, schlug mein Herz so heftig vor Freude, daß ich fürchtete, es würde mir jetzt, kurz vor dem Ziel, einen Streich spielen. Ich fuhr langsam, überlegte mir, was ich am besten tun sollte. Ich hätte mit ihm aus der Stadt hinausfahren und dort an einer verlassenen Stelle meine letzte Unterredung mit ihm führen können. Fast war ich dazu entschlossen, als er die Frage löste: wieder hatte ihn der Durst gepackt, und er befahl mir, vor einer Kneipe haltzumachen. Er sagte mir, ich solle warten, und ging hinein. Dort blieb er bis zur Polizeistunde, und als er herauskam, war er so betrunken, daß ich wußte, ich hatte gewonnenes Spiel.

Glauben Sie nur nicht, daß ich ihn kalten Blutes umbringen wollte. Es wäre zwar mein gutes Recht gewesen, aber ich konnte mich dazu nicht entschließen. Ich hatte mir schon lange vorgenommen, ihn um sein Leben spielen zu lassen. Unter den vielen Berufen, die ich in meinen Wanderjahren in Amerika ausgeübt hatte, war ich auch einmal Labordiener in der Universität New York gewesen. Eines Tages hielt der Professor ein Kolleg über Gifte und führte seinen Studenten ein Alkaloid vor, wie er es nannte, das er von südamerikanischen Giftpfeilen gewonnen hatte und das so stark war, daß die kleinste Dosis sofortigen Tod bedeutete. Ich merkte mir die Flasche, in dem dieses Präparat aufbewahrt war, und als ich wieder allein war, nahm ich mir etwas davon. Da ich etwas von dem Apothekerhandwerk verstand, fertigte ich einige kleine, in Wasser lösbare Giftpillen an; jede Pille legte ich in ein Schächtelchen mit einer genau so aussehenden unschädlichen Pille. Ich hatte mir damals vorgenommen, daß jeder meiner feinen Herren, wenn die Stunde der Abrechnung gekommen war, eine dieser Pillen schlucken sollte, und ich die andere. Der Tod würde genau so sicher sein und viel weniger lärmend, als Schüsse durch ein Taschentuch. Von diesem Tag an trug ich diese Pillen ständig bei mir – jetzt war die Zeit gekommen, sie zu verwenden. Es war schon fast ein Uhr, es regnete in Strömen, ein scharfer Wind blies. So schaurig auch die Nacht war, so froh war ich im Innern – so froh, daß ich vor lauter Freude hätte brüllen mögen. Wenn einer von Ihnen jemals zwanzig Jahre hindurch etwas unendlich gewünscht und ersehnt hätte und es dann plötzlich in Reichweite vor sich sähe, würden Sie meine Gefühle verstehen. Ich zündete mir eine Zigarre an und paffte, um meine Nerven zu beruhigen, aber meine Hände zitterten, meine Schläfen drohten zu zerspringen. Während ich fuhr, sah ich vor mir im Geiste den alten John Ferrier und die süße Lucy mir in der Finsternis zulächeln, genau so deutlich sah ich sie, wie ich Sie jetzt hier im Zimmer sehe. Während der ganzen Fahrt waren sie vor mir, zu beiden Seiten des Pferdes, bis ich vor dem Haus in Brixton Road haltmachte.

Keine Menschenseele war zu sehen, kein Laut außer dem Prasseln des Regens zu hören. Ich schaute in den Wagen hinein; Drebber lag zusammengekrümmt da und schnarchte. Ich rüttelte ihn am Arm und sagte: ›Wir sind da!‹

›Gut, Kutscher!‹ lallte er.

Er glaubte wohl, daß wir beim Hotel angelangt seien, denn er stieg ohne weiteres aus und folgte mir durch den Garten. Ich mußte neben ihm hergehen und ihn stützen, denn er konnte sich kaum auf den Beinen halten. Ich öffnete die Haustür und führte ihn ins Vorderzimmer. Ich gebe Ihnen mein Wort, daß auf dem ganzen Weg der Vater und die Tochter vor uns hergingen.

›Das ist ja höllisch finster‹, sagte er, umhertaumelnd.

›Gleich haben wir Licht‹, entgegnete ich und zündete mit einem Streichholz die Kerze an, die ich mitgebracht hatte. ›Jetzt, Enoch Drebber‹, fuhr ich fort und hielt das Licht vor mein Gesicht, ›wer bin ich?‹

Er starrte mich einen Augenblick aus seinen besoffenen, trüben Augen an, dann stieg Entsetzen in ihm hoch, sein ganzes Gesicht verzerrte sich – ich wußte, er hatte mich erkannt. Totenblaß taumelte er zurück. Schweiß trat ihm auf die Stirn, seine Zähne klapperten. Bei diesem Anblick lehnte ich mich an die Tür und brach in brüllendes Gelächter aus. Ich hatte immer gewußt, daß Rache süß ist, doch dieses Glücksgefühl, das mich nun befiel, hatte ich mir nie vorstellen können.

›Du Hund!‹ rief ich. ›Ich habe dich gejagt von Salt Lake

City nach Petersburg, und du bist mir immer durch die Lappen gegangen. Jetzt sind deine Wanderungen zu Ende, denn einer von uns beiden wird morgen früh die Sonne nicht aufgehen sehen.‹
Während ich sprach, wich er immer weiter zurück, offensichtlich hielt er mich für wahnsinnig. Ich war es auch in dem Moment: in meinen Schläfen pochte es, und ich glaube, ich hätte einen Schlaganfall erlitten, wenn mir das Blut nicht aus der Nase gespritzt wäre und mir so Erleichterung schaffte.
›Was denkst du jetzt von Lucy Ferrier?‹ schrie ich, schloß die Tür ab und hielt ihm den Schlüssel unter die Nase. ›Es hat lange gedauert, bis ich dich erwischt habe.‹ Ich sah, wie die Lippen des Feiglings zitterten, während ich sprach. Er würde wohl um sein Leben gebettelt haben, aber er wußte, daß es nutzlos war.
›Wollen Sie mich ermorden?‹ stotterte er.
›Das ist kein Mord!‹ erwiderte ich. ›Wer spricht von Mord, wenn ein tollwütiger Hund getötet wird? Hast du Gnade für Lucy, meinen armen Liebling, empfunden, als du sie von der Leiche ihres ermordeten Vaters weggerissen und in deinen verruchten, schamlosen Harem geschleppt hast?‹
›Ich habe ihren Vater nicht umgebracht!‹ rief er.
›Aber du hast ihr unschuldiges Herz gebrochen!‹ brüllte ich und hielt ihm die Schachtel mit den Pillen unter die Nase. ›Gott soll zwischen uns richten! Wähle eine Pille – die eine bringt Tod, die andere Leben! Ich werde die andere nehmen. Wir wollen sehen, ob es Gerechtigkeit auf Erden gibt oder ob wir vom blinden Zufall regiert werden.‹
Schluchzend und um Gnade bettelnd, wich er zurück in die Ecke. Aber ich zog meinen Dolch hervor und hielt ihn ihm an die Kehle, bis er gehorchte und eine Pille schluckte. Dann nahm ich die andere ein ... Schwei-

gend standen wir einige Augenblicke da, blickten einander an, warteten darauf, wer leben, wer sterben sollte. Ich werde nie seinen Blick vergessen, als er spürte, daß das Gift in ihm wirkte. Ich lachte, als ich das sah, und hielt ihm Lucys Ehering vor Augen. Das dauerte nur einen Moment, denn das Alkaloid wirkt rasch. Krampfhaft verzog sich sein Gesicht vor Schmerz, er streckte die Hände aus, taumelte und stürzte mit einem dumpfen Schrei schwer zu Boden. Mit dem Fuß drehte ich ihn auf den Rücken und befühlte dann sein Herz – keine Bewegung, er war tot!

Das Blut war in Strömen aus meiner Nase geflossen, ohne daß ich darauf geachtet hatte. Ich weiß nicht, wieso mir auf einmal der Gedanke kam, mit Blut das Wort ›Rache‹ an die Wand zu schreiben. Vielleicht war es eine mutwillige Idee von mir, um die Polizei auf eine falsche Spur zu locken, denn mir war leicht ums Herz. Ich erinnerte mich daran, daß man in New York einen Deutschen tot aufgefunden hatte, über dessen Leiche an der Wand RACHE geschrieben stand; damals behaupteten die Zeitungen, daß irgendeine Geheimgesellschaft die Tat verübt hätte. Ich sagte mir, daß das, was die New Yorker verwirrt hatte, auch die Londoner verwirren würde. Und so tauchte ich einen Finger in mein eigenes Blut und schrieb damit das Wort an die Wand. Dann ging ich zu meiner Droschke, weit und breit war keine Menschenseele zu sehen, die Nacht war noch immer schauerlich. Ich mochte schon eine ganze Weile gefahren sein, als ich in die Tasche griff, in der ich gewöhnlich Lucys Ring aufbewahrte, und fand ihn nicht. Ich war wie vor den Kopf geschlagen, denn es war das einzige Andenken, das ich von ihr besaß. Ich dachte mir gleich, daß ich den Ring wohl verloren hatte, als ich mich über Drebbers Leiche beugte; so fuhr ich zurück, ließ meinen Wagen in einer Seitenstraße stehen und ging kühn zum Haus – ich war gewillt, alles zu wagen, um nur den Ring wieder zu bekommen. Als ich zur Tür kam, lief ich einem Polizisten, der aus dem Haus kam, direkt in die Arme, und es gelang mir nur, indem ich mich völlig betrunken stellte, sein Mißtrauen zu verscheuchen.

So hatte Enoch Drebber sein Ende gefunden! Jetzt mußte ich mit Stangerson abrechnen, damit auch John Ferrier gerächt sei. Da ich wußte, daß er im Hotel *Hallyday* abgestiegen war, drückte ich mich dort den ganzen Tag herum, aber er ließ sich nicht blicken. Ich nehme an, daß er einen Verdacht hegte, als Drebber nicht kam. Er war gerissen, dieser Stangerson, und stets auf der Hut. Wenn er aber glaubte, er könnte mich loswerden, indem er in seinem Bau blieb, so hatte er sich sehr geirrt. Bald fand ich heraus, welches das Fenster seines Zimmers war, und am nächsten Morgen in aller Frühe benutzte ich eine Leiter, die im Hinterhof des Hotels lag, und stieg im Morgengrauen in sein Zimmer. Ich weckte ihn und sagte ihm, die Stunde sei gekommen, da er sich für das Menschenleben, das er vor so langen Jahren geraubt habe, verantworten müsse. Ich beschrieb ihm Drebbers Tod und bot ihm die gleiche Chance. Statt diese Rettungsmöglichkeit, die sich ihm bot, zu benutzen, sprang er aus dem Bett und stürzte sich auf mich ... um mich zu verteidigen, stieß ich ihm den Dolch ins Herz. Es wäre auf das gleiche herausgekommen, denn die Vorsehung hätte nie zugelassen, daß seine schuldige Hand die unvergiftete Pille gewählt hätte.

Ich habe nur noch wenig zu sagen, Gentlemen, und das ist gut, denn ich kann nicht mehr. Ich bin noch einen Tag mit meiner Droschke umhergefahren und hatte die Absicht, das weiter zu machen, bis ich das Fahrgeld nach Amerika zusammen hätte. Ich stand mit meinem

Wagen im Hof vor unserem Stall, als ein zerlumpter Bengel fragte, ob hier ein Kutscher namens Jefferson Hope sei, und dann sagte er, er würde von einem Herrn in Baker Street 221 b verlangt. Ohne Verdacht zu hegen, fuhr ich hin, und als nächstes hatte dieser junge Herr hier mir Handschellen angelegt, und er hat das sehr geschickt getan, das muß ich sagen. Das ist meine ganze Geschichte. Sie mögen mich für einen Mörder halten, aber ich behaupte, daß ich genau so gut ein Rechtswahrer bin wie Sie.«

Die Geschichte des Mannes war derart ergreifend und sein Verhalten so eindrucksvoll, daß wir schweigend, versunken dasaßen. Selbst die Detektive, abgehärtet durch ihren Beruf, schien die Geschichte des Mannes tief zu bewegen. Als er geendet hatte, wurde die Stille nur durch das Kratzen von Lestrades Bleistift unterbrochen, der seinen stenographischen Bericht beendete.

»Ich möchte Sie nur noch in einem Punkt um Aufklärung bitten«, sagte Holmes schließlich. »Wer war Ihr Komplize, der auf meine Annonce hin den Ring holen kam?«

Der Gefangene blinzelte meinem Freund schalkhaft zu. »Ich kann Ihnen meine eigenen Geheimnisse anvertrauen«, erklärte er, »aber ich verrate andere nicht. Ich hatte Ihre Annonce gelesen und dachte mir, daß das entweder eine Falle sein müsse, oder daß sich mir die Gelegenheit biete, den Ring wirklich zu bekommen. Mein Freund erklärte sich bereit, ihn zu holen. Ich glaube, er hat es sehr geschickt gemacht.«

»Das kann man wohl sagen!« bemerkte Holmes.

»Gentlemen«, erklärte der Inspektor würdevoll, »dem Gesetz muß Genüge geleistet werden. Am Donnerstag wird der Gefangene dem Untersuchungsrichter vorgeführt, auch Sie werden wohl aussagen müssen. Bis dahin muß ich ihn in Haft halten.«

Er kingelte ... Jefferson Hope wurde von zwei Wärtern abgeführt, während mein Freund und ich hinaus auf die Straße gingen und einen Wagen zurück zur Baker Street nahmen.

7

Wir alle waren aufgefordert worden, am Donnerstag beim Untersuchungsrichter zu erscheinen. Doch als der Donnerstag kam, hatten wir keine Gelegenheit mehr, unsere Aussagen zu machen – ein höherer Richter hatte den Fall übernommen, Jefferson Hope war vor ein Tribunal berufen worden, das ihm strenge Gerechtigkeit widerfahren lassen wird. In der Nacht nach seiner Festnahme erlitt er einen Herzschlag, am Morgen wurde er auf dem Boden seiner Zelle ausgestreckt daliegend gefunden; ein zufriedenes Lächeln umspielte seine Lippen.

»Gregson und Lestrade werden wütend sein, daß er gestorben ist«, sagte Holmes, als wir am nächsten Abend miteinander plauderten. »Sie sind um ihre Anerkennung gekommen.«

»Aber die beiden haben doch herzlich wenig zur Aufklärung des Falles beigetragen«, erwiderte ich.

»Das spielt bekanntlich in dieser Welt keine Rolle«, widersprach mein Freund bitter. »Die Hauptsache ist, den Eindruck zu erwecken, daß man eine Tat vollbracht habe ... Aber das macht nichts«, fuhr er nach einer kleinen Pause heiter fort. »Ich möchte um nichts in der Welt diesen Fall missen. Es ist einer der interessantesten, der mir bisher vorgekommen ist. So einfach er auch war, enthielt er doch einige äußerst lehrreiche Punkte.«

»Einfach!« rief ich.

»Man kann ihn kaum anders bezeichnen«, erwiderte Holmes, über mein Staunen lächelnd. »Der Beweis für seine Einfachheit liegt doch schon darin, daß es mir lediglich auf Grund einiger ganz gewöhnlicher Folgerungen gelungen ist, in drei Tagen des Mörders habhaft zu werden.«

»Das stimmt«, gab ich zu.

»Ich habe Ihnen ja schon einmal erklärt, daß das Außergewöhnliche im allgemeinen eher eine Erleichterung als eine Behinderung darstellt. Wenn man ein Problem dieser Art zu lösen hat, ist die Hauptsache, daß man Rückschlüsse ziehen kann. Das ist eine sehr nützliche Gabe und dazu eine leichte, aber nur wenige Menschen machen davon Gebrauch.«

»Ich muß gestehen, daß ich Ihnen nicht ganz folgen kann«, bemerkte ich.

»Das habe ich auch kaum von Ihnen erwartet. Also, ich will versuchen, mich klarer auszudrücken: die meisten Menschen sind in der Lage, wenn man ihnen eine Folge von Ereignissen beschreibt, ihre Schlußfolgerungen daraus zu ziehen. Dagegen werden nur wenige imstande sein, auf Grund einer Schlußfolgerung zu erklären, welche Ereignisse zu ihr geführt haben. Das ist die Gabe, die ich meine, wenn ich von rückblickend oder analytischem Denken spreche.«

»Jetzt verstehe ich Sie.«

»In unserem Fall hatten wir die Schlußfolgerung, kannten aber nicht die Vorgänge, die dazu geführt hatten. Ich will Ihnen jetzt einmal meine Gedankengänge auseinandersetzen.« Und Holmes führte noch einmal im einzelnen die Schritte seines Vorgehens auf.

»Nachdem wir das Haus verlassen hatten, tat ich das, was Gregson versäumt hatte: ich telegrafierte nach Cleveland und bat um Auskunft über die ehelichen

Verhältnisse Enoch Drebbers. Die Antwort war aufschlußreich; Drebber hatte früher einmal den Schutz der Polizei gegen einen früheren Nebenbuhler namens Jefferson Hope erbeten. Dieser Hope befinde sich nun in Europa. Nun wußte ich, daß ich auf der richtigen Fährte war, der Mörder mußte nur noch dingfest gemacht werden.
Für mich stand auch fest, daß der Mann, der mit Drebber ins Haus gegangen war, der Droschkenkutscher sein mußte. Die Spuren auf dem Fahrdamm zeigten mir, daß das Pferd sich selbst überlassen geblieben war, denn es hatte den Wagen bald hierhin, bald dorthin gezogen. Wo anders als im Haus sollte der Kutscher gewesen sein? Es war nicht anzunehmen, daß ein geistig normaler Mensch einen vorsätzlichen Mord unter den Augen eines Dritten begehen würde, der ihn verraten könnte. Außerdem ist der Beruf eines Droschkenkutschers besonders geeignet, wenn jemand in der Riesenstadt London einen Menschen aufspüren will. So war es für mich sicher, daß Jefferson Hope unter den Droschkenkutschern Londons zu finden wäre.
Und wenn meine Annahme stimmte, so war keineswegs anzunehmen, daß er diesen Beruf sofort nach Ausübung der Tat aufgegeben hatte. Im Gegenteil, er mußte ja befürchten, daß ein plötzlicher Berufswechsel die Aufmerksamkeit auf ihn lenken könnte, und so würde er wahrscheinlich, wenigstens noch für einige Zeit, seinen Beruf weiterhin ausüben. Es war auch nicht anzunehmen, daß er einen falschen Namen angenommen hatte, denn Jefferson Hope war ja in London vollkommen unbekannt. Daher schickte ich meine Detektivjungmannschaft aus und ließ sie systematisch bei jedem Droschkenunternehmer Londons Nachforschungen anstellen. Mit welchem Erfolg, wissen Sie ja. Die Ermordung Stangersons hätte aber kaum verhindert

werden können. Durch sie gelangte ich allerdings in den Besitz der Pillen, deren Existenz ich bereits vermutet hatte. Sie sehen, es handelt sich einfach um eine Kette logischer Folgerungen.«

»Das ist großartig!« rief ich. »Ihre Verdienste sollten allgemein anerkannt werden. Sie müssen einen Bericht über den Fall veröffentlichen. Wenn Sie es nicht tun, werde ich es machen. «

»Tun Sie, was Sie wollen, Doktor«, erwiderte er. »Aber lesen Sie das hier!«

»Er reichte mir die Abendausgabe des *Echo*, und ich las folgendes:

»Durch den plötzlichen Tod eines gewissen Jefferson Hope, des mutmaßlichen Mörders von Enoch Drebber und Josef Stangerson, ist uns eine interessante Gerichtsverhandlung entgangen. Die Einzelheiten des Falles werden wahrscheinlich nie bekanntgegeben werden, obwohl wir aus guter Quelle wissen, daß das Verbrechen wegen einer alten, romantischen Feindschaft, in der Liebe und Mormonen eine Rolle spielen, verübt wurde. Es scheint, daß die beiden Opfer in ihrer Jugend der Sekte der ›Heiligen der letzten Tage‹ angehört haben, und daß der im Gefängnis verstorbene Hope ebenfalls aus Salt Lake City stammte. Wie dem auch sei, jedenfalls beweist der Fall von neuem die Vortrefflichkeit unserer Londoner Geheimpolizei. Und es wird allen Fremden eine Lehre sein, daß sie besser daran tun, ihre Streitigkeiten in ihrer Heimat auszufechten und nicht auf britischem Boden. Es ist ein offenes Geheimnis, daß wir die prompte Gefangennahme des Mörders lediglich dem Scharfsinn und der Geschicklichkeit der bekannten Scotland-Yard-Detektive Mr. Lestrade und Mr. Gregson zu verdanken haben. Der Mann scheint in der Wohnung eines gewissen Sherlock Holmes verhaftet worden zu sein, der sich als Dilettant mit Kriminalforschungen befaßt. Da er solche Lehrmeister hat, darf er hoffen, mit der Zeit ihre Gewandtheit zu erreichen. Wir erwarten, daß die beiden Beamten für ihre hervorragenden Dienste eine gebührende Auszeichnung erhalten.«

»Hatte ich Ihnen das nicht schon vorher gesagt?« rief Holmes lachend. »Der ganze Erfolg unserer Arbeit ist, daß die beiden eine Auszeichnung erhalten.«

»Das macht nichts«, erwiderte ich. »Ich habe alles aufgezeichnet, eines Tages wird die Öffentlichkeit den wahren Hergang erfahren, und die Ihnen gebührende Anerkennung wird nicht ausbleiben.«